전능의 팔찌 2부 22

김현석 현대 판타지 장편소설

초판 1쇄 찍은 날 § 2025년 7월 25일
초판 1쇄 펴낸 날 § 2025년 8월 1일

지은이 § 김현석
펴낸이 § 서경석

총괄팀장 § 황창선
편집책임 § 박현성
디자인 § 스튜디오 이너스

펴낸곳 § 도서출판 청어람
등록번호 § 제387-1999-000006호
등록일자 § 1999. 5. 31
어람번호 § 제1-3243호

본사 § 경기도 부천시 부일로 483번길 40 서경B/D 3F (우) 14640
편집부 § 서울특별시 구로구 디지털로 272 한신IT타워 404호 (우) 08389
전화 § 02-6956-0531 팩스 § 02-6956-0532
http://www.chungeoram.com
E-mail § chungeorambook@daum.net

ⓒ 김현석, 2023

ISBN 979-11-04-92536-8 04810
ISBN 979-11-04-92499-6 (세트)

※ 파본은 구입하신 서점에서 교환하여 드립니다.
※ 저자와 협의하여 인지를 붙이지 않습니다.
※ 이 책은 도서출판 청어람과 저작자의 계약에 의해 출판된 것이므로,
  무단 전재 및 유포·공유를 금합니다.

MODERN FANTASTIC STORY

전능의 팔찌

2부

THE OMNIPOTENT BRACELET

김현석 현대 판타지 소설

22

전능의 팔찌 2부
THE OMNIPOTENT BRACELET

목차
22권

Chapter 01	대국 시작 ·· 7
Chapter 02	쓰레기 치우기 ·· 29
Chapter 03	푸틴의 선물 ·· 53
Chapter 04	나쁜 놈 벌주기 ·· 75
Chapter 05	바퀴벌레보다 못한 ·· 99
Chapter 06	한국에서 살아 ·· 121
Chapter 07	화나게 하지 마라 ·· 143
Chapter 08	연주 목록 ·· 165
Chapter 09	국회가 일을 한다 ·· 187
Chapter 10	고자질 ·· 209
Chapter 11	드디어! ·· 231
Chapter 12	라면 먹고 갈래? ·· 253
Chapter 13	인간 병기로 복귀 ·· 275

Chapter 01
—
대국 시작

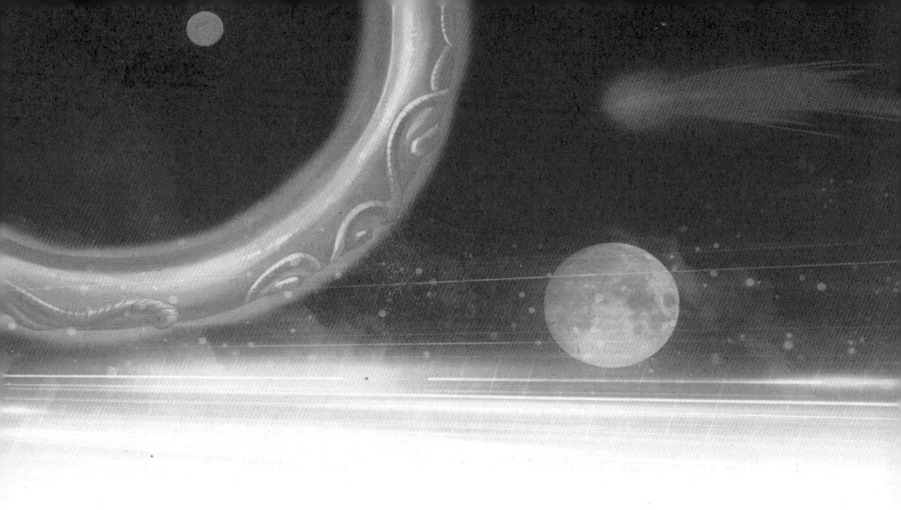

 알파고가 화점에 내려놓자 현수는 검은 돌과 아무런 관련도 없는 곳에 흰 돌을 내려놓는다.

 그런데 알파고가 다음 수를 두지 못한다.

 족보에도 없고, 이 세상 어떤 기보에도 없는 수였기에 죽어라 연산을 하고 있는 때문이다.

 '도로시! 얘, 왜 이래?'

 '폐하의 변칙 수 때문에 랙(lag)에 걸렸어요. 크크!'

 도로시 입장에선 알파고는 구석기 시대의 유물이나 마찬가지이다. 당연히 전부를 환히 꿰고 있다.

 사람은 한 번도 경험하지 못했던 것과 마주하면 순간적으로 뇌의 회로가 엉키는 경우가 있다.

예를 들어, 출근하기 위해 바쁘게 강남역 안으로 들어서려는데 갑자기 호랑이 한 마리가 튀어나오는 경우이다.

또는, 경복궁 근정전을 들여다보는데 용상 뒤에서 범블비가 튀어나오는 상황이 있을 수 있다.

이도 아니라면 지하철 화장실에 앉아 있는데 문 아래로 거대한 아나콘다가 대가리를 들이미는 경우도 있겠다.

이밖에 집으로 향하는 골목에 발을 들여놓았는데 티라노사우루스가 맹렬한 속도로 다가오는 상황도 있다.

늦은 밤 산책하고 돌아오다 뭔가 이상하여 뒤를 돌아보았더니 트롤이나 오거가 침을 질질 흘리며 아가리를 벌이고 있는 경우도 있을 수 있다.

이런 경우라면 아마도 거의 전부 얼어붙은 듯 움직일 수 없을 것이다. 전혀 예상치 못했던 상황을 만났을 때 인간의 보편적인 반응이다.

지금의 알파고가 유사한 상황이다.

베타고를 상대로 죽어라 연습 대국을 했는데 이런 수는 한 번도 없었다.

상대는 엄청난 고수이다. 지난번 대국 때 9전 전패라는 치욕을 준 상대임을 분명히 인지하고 있는 것이다.

그런데 마치 세 살짜리 어린아이가 아무 데나 돌을 놓는 것처럼 그야말로 족보에도 없는 수를 둔 것이다.

하여 진짜로 랙에 걸린 것이다.

인간으로 치면 다음과 같은 생각을 한 것이다.

'어라! 이건 뭐지? 뭘까? 뭔데 여기에 뒀지? 흐음, 이건 대체 무얼 노린 포석이란 말인가? 뭘까? 뭐지? 뭐야?…'

시간은 계속해서 흘렀지만 알파고의 두 번째 수는 두어지지 않았다. 현수의 수를 분석하느라 바쁜 때문이다.

'근데. 얘는 언제까지 이럴 거 같아?'

'흐음! 지금 하는 연산으로 보면 앞으로도 8분 17초는 더 있어야 해요.'

'그래? 알았어.'

현수는 마치 아무 일도 없었다는 듯 무표정한 모습으로 기다린다. 그러면서 주위를 휘휘 둘러보았다. 엄청나게 많은 카메라와 사람들이 주위를 빼곡하게 메우고 있다.

그야말로 입추(立錐)의 여지(餘地)가 없을 정도이다. 글자 그대로 송곳 하나를 박을 공간조차 없을 정도로 빽빽하다.

이런 밀착이 답답한지 여기저기서 가쁜 숨을 몰아쉬고 있지만 시선은 집중되어 있다. 세상의 관심사 때문이다.

한편, 바둑에 대해 조금이라도 아는 이들은 저마다 설레발을 떨고 있다.

"야! 저기 저런 수, 대체 어떤 포석이냐? 너는 알아?"

"아니! 나도 전혀 이해되지 않는 수야. 하인스 킴은 왜 저기에 뒀을까?"

"글쎄! 근데 알파고는 왜 안 두고 있지?"
"그러게? 가만히 있는 거 보면 버벅거리는 거 아냐?"
"흐음, 예상치 못한 수라 계산하느라 바쁜 거 같네."
"설마…! 세계 최고의 인공지능인데?"
"그래. 근데 이걸로 끝은 아니겠지?"
"에이, 겨우 한 번씩 두고? 아닐 거야. 절대로 아니야."
"야! 2수 만에 알파고가 돌 던지면 몇 수에 끝나는지에 건 돈은 어떻게 되냐? 설마 주최 측이 몽땅 먹는 거냐?"
"어? 진짜! 그럼 어떻게 하지?"
"잠깐만…. 이런 경우는…. 아! 여기 있다. 아무도 최종수를 맞히지 못할 경우 당첨금은 다음 대결로 이월된다. 단 10국에서 이런 상황이 발생할 경우엔 대국의 승자가 갖는다."
"하아! 다행이다."
"뭐가 다행이야?"
"289수에 10만 원 베팅했거든."
"헐! 무슨 근거로 그렇게 많이 건 거야?"
"어젯밤 꿈에 돌아가신 아버지를 뵈었어."
"꿈에? 야, 이 시벌 놈아, 그런 거 있으면 나한테도 가르쳐 줘야지. 너 혼자 잘 먹고 잘 살려고?"
"야! 딱 숫자를 말씀하신 게 아냐. 꿈에서 아버지랑 맞고를 쳤는데 내가 매조를 먹고 공산을 떠서 먹으니까 아버지가 국화를 드셨는데 싸셨어. 난 그게 있고. 그래서 그런 거야."

조금 어이없는 대꾸인 듯 잠시 말이 없다.

"…그래도 그렇지! 아무튼 앞으론 그런 거 있으면 말해라. 알았지? 그리고 오늘 289수에서 끝나면 술 한 잔 사고."

"오냐, 배당금이 어마어마할 테니 아주 거하게 살게!"

"이래 놓고 튀면 너는 개새끼다."

"그래, 이 자식아! 개새끼 되기 싫어서라도 산다, 사!"

"흐흐흐! 약속."

"미친 놈…! 꺼져."

둘이 티키타카를 하는 동안에도 알파고의 연산은 이어지고 있다. 모두 말이 없기에 초침 움직이는 소리가 들릴 지경이다.

해설자들도 이 대목에선 할 말이 없다.

아직은 뭔가를 언급할 상황도 아니고, 현수의 의도를 전혀 예상하지 못하고 있는 때문이다.

그러는 새에 채팅창에 대화가 오간다.

'아! 바둑 두는 알파고 어디 갔나?'
'아직 연산 중인가 봐요.'
'알아! 아는데 그냥 한번 해본 소리야.'
'…아는데 왜 묻냐? 붕~신!'

거의 이런 식으로 의미 없는 대화로 가득하다.

이번엔 도로시가 말이 없다.

가끔 이런 실없는 대화를 보면 의도 없이 하는 말인지라 그런지 전혀 이해하지 못한다.

그럴 때면 도로시도 가끔은 랙에 걸린다.

아무리 발달된 기술로 만들어진 인공지능이라도 인간을 완전히 이해하지 못하고 있다는 증거이다.

어쨌거나 알파고가 버벅대는 동안 뭐 하겠는가!

전 세계 모든 TV에 얼굴이 나오고 있으니 짐짓 다음 수를 생각하는 척하며 도로시와 대화한다.

'휴머노이드 추가로 제작 가능하지?'

'가능은 한데 아공간 부여는 불가능해요.'

'그건 상관없어.'

'그럼 얼마나 제작해요? 근데 어디에 쓰시게요?'

'한 10기 추가로 제작해서 중동 쪽으로 보냈으면 해서.'

'중동 어디요? 그리고 보내서 뭘 해요?'

'아프가니스탄 같은 곳! 이슬람 원리주의와 근본주의 그리고, 극단주의자들 찾아서 전부 제거하라고 해.'

'네에? 전부요?'

'응! 이번엔 강검(罡劍)을 쓰도록 해.'

검은 찌르거나 베는 데 사용하는 병기이다.

무협소설엔 검기(劍氣), 검사(劍絲), 검강(劍罡)라는 것이 언급되고, 판타지 소설엔 오러 블레이드라는 것이 등장한다.

강검은 고수의 전유물인 검강 또는 오러 블레이드와 같은 절삭력을 가져 베어내지 못할 것이 없다.

지구엔 없는 금속을 특수한 방법으로 제련하여 만드는 것으로, 강하기로 이름 난 다이아몬드도 베어낼 수 있다.

날카롭게 세운 칼날로 종이를 갈랐을 때 아주 부드럽고 쉽게 잘라진다.

아울러 1m 두께의 강철판도 두부 베듯 베어낸다.

저쪽 세상에서 시험해 본 바에 의하면 레드드래곤 라이세뮤리안의 앱솔루트 배리어도 견디지 못하고 손상을 입었다.

아르센 대륙의 이실리프 제국에선 치안 유지를 위한 순찰로봇이 암행(暗行)한다.

벌건 대낮에 대놓고 돌아다니지만 광학 스텔스 상태를 유지하기에 암행이라 하는 것이다.

이들의 임무는 각종 몬스터로부터 제국민을 보호하는 것이다. 가끔은 흑마법사나 악인을 처단하기도 한다.

몬스터 제거는 선 조치 후 보고이지만, 악인 처단은 사전에 도로시로부터 허가를 득한 후 목을 베어버린다.

이때 사용하는 것이 바로 강검이다.

강철로 만들어진 골렘이나 뼈가 아주 단단한 괴수들을 처리하기 위해 고안된 것으로 아주 유용하게 사용된 바 있다.

현재는 모든 몬스터들이 제거되었고, 악인도 없는지라 박물관에 가야 구경할 수 있는 구시대의 유물이 되었다.

다만, 광학 스텔스 상대로 전시되어 있기에 손잡이만 구경할 수 있을 뿐이다.

견물생심(見物生心)이라는 말이 있다.

강검은 그 모습만으로도 대단하다. 휘황찬란한 빛을 뿜어내지는 않지만 보는 것만으로도 그 예리함이 느껴진다.

그런데 무엇이든 베어낼 수 있다고 하면 혹시라도 이를 탐내는 자가 있을까 싶어서 보이지 않게 한 것이다.

다시 말해 도난을 우려한 조치이다.

어쨌거나 강검에는 마나 집적진과 투명화 마법진이 새겨져 있어 광학 스텔스 상태를 유지하는데, 이 마법의 해제는 마법청에서만 가능하다.

5서클 이상인 마법사 중에서도 상위 1%에 해당하는 엘리트들로만 구성된 마법 연구기관이다.

아무튼 강검은 열여덟 자루가 있다. 이미 지상으로 내려온 휴머노이드들의 소지품이고 아공간에 담겨 있다.

만능제작기가 있으니 추가로 제작하는 것은 가능하지만 현수가 마법을 쓰지 못하므로 투명화는 안 된다.

'그걸로 어떻게요?'

'이에는 이, 눈에는 눈 알지? 그놈들이 수급 잘 잘랐으니까 똑같이 목을 잘라.'

'네에…? 어, 얼마나요?'

'당연히 전부지. 광신자들은 구제가 안 되는 거 알잖아.'

'그래도 엄청 많은데요?'

이슬람 원리주의, 근본주의, 그리고 극단주의자들의 숫자가 상당함을 의미하는 말이다.

'많겠지. 일단 10억 명까지만 잘라.'

참고로, 무슬림은 전체가 약 20억 명이다.

'……!'

'왜? 너무 많아서 그래?'

'네, 솔직히 너무 많아요.'

'흐음! 그럼 휴머노이드 대신 물의 상급 정령 엔다이론을 보내야겠네. 한 10년쯤 중동의 모든 물을 땅 속 깊은 곳에 감추도록 하면 얼마나 죽을까?'

'네?'

'아니면, 바람의 상급 정령 실라디온을 보내서 일 년 내내 모래폭풍이 불게 해줄까?'

'쳇! 알았어요. 이슬람 근본주의, 원리주의, 그리고 극단주의자들만 제거하면 되는 거죠?'

'테러와 조금이라도 관련된 자들은 하나도 남기면 안 돼. 그리고, 애 어른 가리지 말고 모두 처단해.'

탈레반, IS, 보코하람, 하마스, 헤즈볼라, 알카에다, 라슈카르 에타이바, 알 샤바브 등을 뿌리째 뽑아버리라는 뜻이다.

이들의 공통점은 있지도 알라의 이름을 팔아 자신들의 이득을 취하려는 집단이라는 것이다. 아울러 무고한 이들의 희생을 고려치 않고 테러를 가하거나 공격하는 것이다.
 '세상에 도움이 안 돼서요?'
 '그렇기도 하지만 세상에 너무 많은 해를 끼치니까. 그런 건 제거가 답이야. 한 놈도 빼지 말고 모조리 목을 베어.'
 '알았어요. 근데 시간은 좀 걸릴 거예요.'
 '그래, 그건 인정할게. 그래도 최대한 빨리! 알았지?'
 여기저기 흩어져 있을 뿐만 아니라 숨어 있기도 하다.
 이런 것들을 모조리 제거하려면 제아무리 휴머노이드라 하더라도 시간이 걸릴 수밖에 없다.
 '바둑 두면서 사람들 목을 베라고 명령하는 분은 폐하밖에 없을 거예요.'
 '그래? 그래도 그래야 세상이 평온해지니까.'
 '…근데 정말 다 베어요?'
 '내가 괜히 강검을 쓰라는 건 줄 알아?'
 각종 나노봇은 숫자가 한정되어 있다. 회수해서 다시 쓸 수는 있지만 상당히 번거롭고, 시간도 제법 걸린다.
 반면, 강검은 그냥 쓰기만 하면 된다. 닳지도 않으니 거의 무한정 사용 가능하다.
 10억 명을 참수해도 날조차 무뎌지지 않는다.
 강철판이나 바위도 두부 베듯 하니 인체는 너무 물러서 조금의 손상도 입히지 못하는 것이다.
 인체의 염분으로 인한 손상은 전혀 고려할 필요가 없다. 아울러 지방이나 뼈 때문에 발생하는 문제점도 없다.

목이 베어지는 데 걸리는 시간이 그야말로 찰나(刹那)에 가깝기 때문이다.

참고로, 불교에서는 찰나를 75분의 1초로 정의했다. 산스크리트어로는 '순간(瞬間)'이라는 뜻이다.

너무나 짧은 시간이라 칼날이 지나고 나서야 이상함을 느낄 것이고, 그러는 순간 목이 떨어짐과 동시에 선혈이 솟구치게 된다.

따라서 인간의 목을 아무리 많이 베더라도 강검은 아무런 손상도 입지 않는다.

'근데 무슬림만 그래요?'

'종교 때문이 아냐. 그놈들은 특별히 다른 이들을 핍박하거나 테러를 자행하기 때문이야.'

'다른 종교 쪽에도 광신자들 많을걸요.'

'그래! 차근차근 지워야지. 있지도 않은 신을 믿느라 시간 버리고, 돈 버리고, 마음 쓰는 건 바보 같은 짓이니까.'

지구에 신이 없음을 알기에 하는 말이다. 하나가 있기는 하다. 대화를 하고 있는 현수가 장본인, 아니, 장본신이다.

아직 깨달음을 얻지 못해 반쪽짜리긴 해도 신력을 충분히 가졌고, 이와 살짝 성질이 다른 신성력은 왕창 가졌다.

현재는 습관처럼 본인의 기품 등을 갈무리하고 있지만 마음만 먹으면 언제든 신력과 신성력을 뿜어낼 수 있다.

괜히 신(神)이라 하겠는가!

보는 순간 고고하고, 위대함을 느끼며, 전지전능한 능력을 베풀어주시길 염원하는 마음을 저절로 갖게 만든다.

그런 상황이 되면 어느 누구도 살아 있는 신이라는 걸 인정하지 않을 수 없게 된다.

바라만 봐도 맹인의 눈을 뜨게 하고, 앉은뱅이를 일어서게 하며, 벙어리의 말문을 트게 할 수 있다.

현수의 휘하엔 바람과 물의 상급 정령이 있다.

이중 물의 상급 정령 엔다이론은 상급 치유사나 마찬가지이다. 하여 눈앞의 군중들을 치유하라고 한마디만 하면 모든 질병으로부터 자유롭게 된다.

종교에선 이를 기적(奇蹟) 또는 이적(異蹟)이라고 한다.

엔다이론이 정령왕으로 진화되면 대한민국 국민 전체를 무병장수하게 만들 수도 있다.

아무튼 현수는 비록 짧은 시간이지만 물 위를 걷는 것은 물론이고, 살짝 떠오르는 것까지 가능하다.

물 위를 걷는 것은 사실 무협소설에 등장하는 일위도강(一葦渡江) 수준이다. 갈댓잎 하나라도 있어야 가능하다.

허공에 떠오르는 것은 능공허도나 허공답보 수준은 아니다. 초상비처럼 풀잎이라도 있어야 한다. 하여 가느다란 나뭇가지 위에 서 있을 수 있는 것이다.

마나를 사용할 수 있게 되면 굳이 경신법이 필요 없다. 플라이 마법이 있기 때문이다.

어쨌든 현재에도 엎드려 절 받을 수준은 된다.

여기에 마법이 추가되면 지구에 존재했던 이전의 모든 신들을 부정하고 단숨에 개종케 할 수 있다.

이전의 신들은 눈에 보이지 않는다. 하지만 현수는 보일 뿐만 아니라 만져지기도 한다.

아무런 도구 없이 허공을 훨훨 날아다니고, 마법으로 온갖 것을 보여줄 수 있다. 아울러 만병을 치유하는 기적도 눈앞에서 보여줄 수 있다.

이 정도면 분명한 신이다.

그럼에도 신을 자처하지 않는 이유는 아직 인간으로서의 삶을 더 살아보고 싶어서이다. 그리고 사람들이 인생을 낭비하는 걸 원치 않기 때문이다.

불교엔 6도(六道)라는 것이 있다.

깨달음을 얻지 못한 채 윤회할 때 자신이 지은 업(業)에 따라 다시 태어나는 세계를 여섯 가지로 나눈 것이다.

지옥도, 아귀도, 축생도, 수라도, 인간도, 천상도를 말한다.

앞의 셋은 고통스럽고, 악하며, 박복한 세계이다. 이에 반해 뒤의 셋은 상대적으로 좋고, 착하고, 다복한 세상이다.

모든 사람은 인간도를 타고 태어났다.

기왕에 사람으로 태어났다면 짐승이나 곤충이 아닌 사람답게 살아야 한다.

스스로 양심을 속이지 않고, 이웃과 화목하게 살면서, 자신의 행복을 추구하는 것이 그것이다.

그러면서 공덕(功德)을 쌓으면 그 정도에 따라 재차 인간으로 태어나거나 천상도를 얻게 된다.

그런데 세상사람 중 일부는 이런 삶을 살지 않고 신만을 바라보며 산다. 광신자들이 이에 해당된다.

인간답게 살면서 행복함을 느껴보라고 태어나게 했더니 시간만 낭비하고 있는 것이다.

이런 삶을 사는 사람들의 공통점은 지극히 이기적이라는 것이다.

때때로 자선을 베풀기도 하지만 이는 진심이 아니라 누군가에게 보여주기 위한 위선(僞善)일 뿐이다.

아울러 입으로는 선을 외치지만 이 또한 진정이 아니며, 속에는 증오, 경멸, 혐오, 편견, 탐욕 등으로 가득하다.

이렇듯 내가 믿는 신만 중요하다 여기기에 다른 종교를 핍박, 배척, 탄압, 조롱, 무시한다. 이러한 자들은 배려와 이해를 모르며, 무경위(無逕渭)[1] 한 삶을 산다.

이렇게 살다 죽으면 짐승이나 곤충 이하로 태어나게 된다. 지옥도, 아귀도, 축생도로 떨어지는 것이다.

따라서 현수가 광신자들을 제거하는 것은 큰 공덕을 쌓는

---

[1] 무경위(無逕渭) : 사리의 옳고 그름이나 이러하고 저러함에 대한 분별이 없음. ↔ 경우(境遇)

일이다. 징벌하는 이의 권능으로 영혼을 말살시킴으로써 고통스럽고, 나쁘며, 박복한 삶을 살지 않게 하는 것이다.

이렇게 함으로써 부차적인 이득이 발생된다.

지구 인구가 줄어들어 자원과 식량의 필요량을 감소시키고, 환경이 오염되는 속도를 늦춘다.

아울러 분쟁과 전쟁 발발이 크게 억제된다.

논에서 잡초를 뽑듯 악한 영혼들을 걸러내면 지구는 점점 더 평온하고, 건강해진다. 서로 이해하고, 도우려는 선한 인간들만 남게 되기 때문이다.

'뭐 일단 지시하셨으니 휴머노이드를 제작토록 할게요.'

'그래! 다 만들어지면 보고해.'

'네!'

대화하는 동안 8분여의 시간이 흘렀다.

알파고는 장고 끝에 또 다른 화점에 돌을 놓는다. 이를 본 현수는 즉각 착수한다. 이번에도 엉뚱한 곳이다.

바둑을 조금이라도 둘 줄 아는 사람들의 눈이 또 커진다.

"헐! 저건 또 뭔 수야? 뭐지? 뭘까?"

"그러게! 분명히 뭔가 의미가 있을 텐데 모르겠다."

"나도, 전혀 모르겠어!"

"하긴 뱁새가 어찌 황새의 뜻을 알겠어?"

"황새? 야! 말은 바로 하자. 우린 뱁새만도 못하고, 하인스 킴은 황새 정도가 아니라 봉황이야, 봉황!"

"그래! 동의한다. 그냥 찌그러지자."

2017년 1월 16일 월요일 오전 3시를 약간 넘긴 시각.
서울 광진구의 어느 아파트에 세 녀석이 모여 있다. 같은 학교에 다니는 강영우, 이진환, 문석철이다.
이들의 시선 또한 모니터에 고정되어 있다.
"어라? 오늘 하인스 킴 왜 저러냐?"
"글쎄, 아무 생각 없이 그냥 아무 데나 두는 것 같은 건 순전히 내 느낌적인 느낌인 거지?"
"야! 강영우, 저거 왜 저러는 거냐? 넌 바둑을 좀 아니까 해설 좀 해봐라."
"글쎄? 아직 대국 초반이라 모르겠어."
"붕신! 저건 하인스 킴 형님의 엄청난 포석인 거야."
"맞아! 지난 1차 대국 때 못 봤냐? 엉뚱한 수가 결국엔 결정적인 한 수가 되곤 했잖아. 잊었어?"
"흐음! 그런가?"
강영우가 고개를 갸웃거리며 중얼거린다.
"진짜? 이제 겨우 두 수 뒀는데 벌써 그런다고?"
"그건 아닌 거 같아. 설마 내국을 포기한 건 아니겠지?"
"야! 알파고가 엄청 진화했다고 하잖아. 그래서 지레 겁먹은 거 아냐?"
"흐음, 그럴지도 모르지."

"에이, 그러면 안 되는데."

"왜? 너 설마 하인스 킴이 이긴다에 베팅했냐?"

"응!"

"얼마를 걸었는데?"

"5만 원."

"뭐? 미쳤냐? 알파고, 엄청 진화했다는 뉴스 못 봤어?"

"봤지, 근데 만일이라는 게 있잖아."

"흐흐! 이 새끼, 왜 그런 줄 알겠다."

"넌 알아? 이 병신이 왜 그런 건데?"

"알파고는 이겨봐야 돈이 얼마 안 되잖아. 하지만 하인스 킴은 다르지. 1대국 배당금이 거의 17배일걸."

"5만 원 걸었으니 대국에서 이기면 85만 원쯤 받는다고?"

"어휴! 이 멍청한 새끼. 너 인마, 돈 그냥 날린 거야."

"맞아! 그럴 돈 있음 차라리 몇 시 몇 분에 끝나는지에 걸지. 하인스 킴의 승보다 그거 확률이 더 높다니까."

구글 발표 이후 알파고가 대세로 굳어진 모양이다. 그러거나 말거나 강영우의 고개는 좌우로 저어진다.

"냅둬! 내 돈이야. 잃거나 말거나 니들은 상관없잖아."

"상관없기는…. 니가 돈을 따야 우리가 한잔 빨지."

"크크크! 맞아. 이 새끼 돈 따면 이따 학교 끝나고 한잔하자. 아! 돈은 니가 내는 거다."

"뭐…? 또? 니들 어제 내 학원비 다 빼앗아 갔잖아."

대국 시작 25

"허어, 이 새끼 봐라? 야! 우리가 언제 니 돈을 빼앗았어?"
"맞아! 니가 청바지라도 사 입으라고 준거잖아. 안 그래?"
"……!"
"야, 씨벌 놈이 지금 우리를 삥쟁이로 만드는 거야?"
"그러게, 그걸 우리가 삥 뜯은 거라고 생각하는 거지?"
"이 새끼, 아무래도 그런 거 같은데?"
"그래? 그럼 안 되겠네. 정신교육 좀 해야겠네."
"이따 학교 옥상에서 한 따까리 할까?"
"응! 그래야 할 거 같은데?"
"이 새끼, 지금 우릴 완전 쌩 양아치로 본 거 같으니까 적당한 몽둥이 하나 찾아놓을게."
"……!"

강영우는 대답 없이 화면에 시선을 고정시키고 있다.

"그나저나 넌 어디에 얼마 베팅했냐?"
"나? 난, 알파고 승에 15만 원."
"그랬냐? 흐흐, 나도 알파고 승에 걸었어."
"그래? 넌 얼마나 걸었는데?"
"20만 원."
"헐! 어제 한 푼도 안 썼냐?"
"오냐! 그러는 넌 5만 원 어따 썼냐?"
"히히. 노래방 가서 썼지."
"노래방? 너 혼자? 그럴 리가 없지. 누구랑 갔냐?"

"흐흐! 4반 정미진."

"헐! 미진이랑? 성공했네. 흐흐! 가서 뭐 했는데?"

"뭘 하긴 남들 다 하는 거 했지. 크크크!"

"좋았겠네. 근데 그 기집애는 집하고 학원밖에 모르는 완전 범생인데 어떻게 끌고 간 거야?"

"이 새끼 이름 팔았지. 영우가 기다린다니까 그냥 따라오던데? 크크! 미진이 년이 이 새끼 좋아하잖아."

"크크크! 그래서 낼름 한 거야?"

"크크… 너 같으면 안 했겠냐?"

둘의 대화를 듣고 있던 강영우의 얼굴은 시뻘겋게 상기된다. 어제 학원비 낼 돈을 빼앗은 것으로도 모자라 정미진까지 성폭행한 듯한 뉘앙스였기 때문이다.

둘의 아빠는 절친이다. 같은 고등학교를 나와, 같은 대학으로 진학했고, 군대도 같이 다녀왔다.

전공이 다르기에 다니는 회사는 다르지만 일주일에 한 번 이상은 꼭 만나서 당구를 치든, 술잔을 기울이든 한다.

결혼도 같은 해에 했기에 영우와 미진이는 동갑이다. 이런 저런 여러 이유로 둘은 어릴 때부터 친구로 살았다.

그리고 지금껏 한 번도 다투지 않았으며, 서로 좋아하는 마음이 있다는 것은 안다.

말은 안 했지만 영우는 미진이를 미래의 배우자로 생각하고 있고, 미진이도 마찬가지이다.

그럼에도 지금껏 손만 잡아봤을 뿐이다.
서로를 아끼고 배려하는 마음 때문이고, 두 가정의 기대에 부응하기 위함이다.

Chapter 02
—
쓰레기 치우기

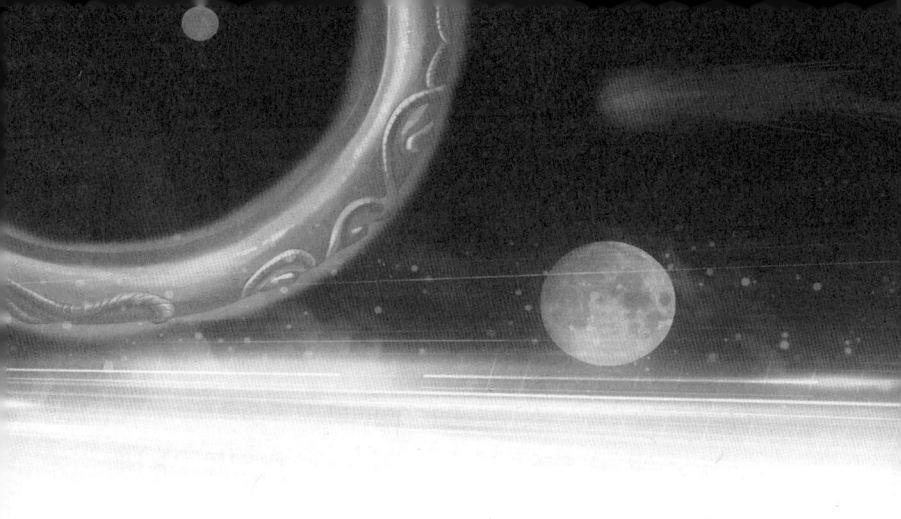

영우는 학업 성적이 매우 뛰어나다.

공군사관학교로 진학하여 파일럿이 되는 것이 장래 희망이다. 한편, 미진은 간호과대학을 지망하고 있다. 간호장교가 되어 같은 기지에 근무하는 것이 꿈이라 하였다.

그러면 평생 같은 직장에서 마주 보며 살 수 있을 것이다.

그런데 폭력으로 모든 것을 해결하는 양아치 새끼가 미진이에게 씻을 수 없는 치욕을 준 모양이다.

어찌 분하지 않겠는가! 순간, 강영우의 눈에서 시퍼런 빛이 흘러나온다. 광기가 이성을 완벽하게 장악해버린 것이다.

"이런, 씨발 놈이!"

영우의 손이 형언할 수 없을 정도로 빠르게 움직인다. 그의 손에는 샤프가 쥐어져 있었다.

푹—! 퍽! 퍽—!

"죽어! 이, 개새끼야."

"으아악—!"

샤프의 날카로운 끝은 이진환의 허벅지를 찔렀다.

무방비 상태로 있다가 찔리자 반사적으로 물러서는 사이에도 영우의 샤프가 마구잡이로 찍힌다.

이번엔 등과 어깨이다.

허벅지에선 피가 나와 바지를 적시고 있지만 등과 어깨는 별다른 타격이 없다. 걸치고 있는 패딩 조끼 덕분이다.

느닷없는 공격에 상처를 입은 이진환은 잠시 당황한 표정이었다. 강영우의 눈을 본 것이다. 딱 미친놈의 눈빛이다.

그러거나 말거나 세찬 발길질로 강영우를 걷어찬다.

"이런 시벌 놈이!"

퍽—! 퍽, 퍽!

"어디서 감히…! 죽어, 이 새끼야."

거센 발길질에 휘청했던 강영우는 전혀 통증을 못 느끼는 듯 벌떡 일어나더니 본인을 걷어차려던 문석철의 얼굴을 샤프로 찍었다.

뺨에 찍혔고, 긴 상처를 남겼으며 선혈이 튀었다.

퍽—!

"아악!"

"너도 똑같은 새끼야, 씨발!"

강영우는 연필꽂이의 가위를 뽑아 들었다. 그러곤 사정없이 찍어갔다.

퍽—!

"아악!"

등을 찍힌 문석철이 재차 비명을 지를 때 이진환의 주먹이 강영우의 얼굴로 쇄도한다.

휘익—!

이진환의 주먹질은 수포로 돌아갔다. 다친 다리 때문이다. 이진환이 휘청거릴 때 강영우의 시선이 돌아간다.

"이 개새끼야, 죽어!"

빡—! 빠각—!

아쉽게도 가위는 이진환의 두개골을 쪼개거나 뚫지 못하고 부러졌다. 재빨리 피하는 바람에 책장 모서리 틈에 찍혔던 때문이다.

생명의 위협을 느낀 이진환은 곧바로 반격에 나섰다.

"이익—! 죽어!"

팍! 퍽! 빡! 빡! 우두둑—!

"아악! 윽! 컥! 케엑! 아악!"

이진환의 주먹은 쉬지 않고 강영우의 안면부를 가격했다. 제일 먼저 안와골절이 일어났고, 이어서 코뼈가 부러졌으며,

앞니도 하나 부러졌다.

공부만 하던 범생이 강영우로선 견디기 힘든 고통이었던지라 피거품을 뿜은 채 기절했다. 그럼에도 이진환은 주먹질을 쉬지 않았다.

그 결과 그리 넓지 않은 방은 이내 피로 물들었다.

구석에 쓰러져 있던 문석철은 겁이 났다. 낭자한 선혈 때문이다. 한편, 이진환은 칼이라도 찾는 듯 서랍들을 뒤지고 있다. 놔두면 살인이라도 저지를 기세이다.

하여 얼른 몸을 날려 이진환의 허리를 부여잡았다.

"멈춰! 이 새끼야, 멈추라고!"

"뭐야? 비켜—!"

밀쳐진 문석철은 광기로 번들거리는 눈빛과 마주했다.

"야! 너 이러다 살인범 돼! 살인! 그러니 멈춰."

"……!"

이진환은 피범벅이 되어 있는 침대를 보곤 이성을 찾은 듯 흠칫거렸다.

"야! 씨발, 이거 어쩌지? 설마 이 새끼, 설마 뒈진 거야?"

"응? 가, 가만히 있어봐."

황급히 무릎걸음으로 다가간 문석철은 강영우의 눈을 까뒤집고, 코에 귀를 기울였다. 사망했다면 꼼짝없는 공범이 됨을 직감했기 때문이다.

"야! 다행히 숨은 쉰다. 근데 이 피 좀 봐."

거친 주먹질에 찢긴 눈 밑과 뺨, 그리고 코에서 선혈이 계속해서 흘러나오는 걸 본 문석철은 황급히 휴지를 뽑아 피를 닦아내곤 돌돌 말아 콧구멍에 끼웠다.

한편, 강영우의 부모는 깊은 잠에 취해 있다. 부부 동반으로 동창 모임에 갔다가 한잔을 기울이고 왔던 때문이다.

하여 아들 방에서 어떤 일이 빚어지고 있는지 전혀 모르고 있다.

같은 순간, 건너편 아파트 욕실 문틀 철봉에 넥타이 하나가 걸리고 있다. 이진환에 의해 순결을 잃은 정미진이 스스로 목숨을 끊으려고 하는 것이다.

이 집 부모 역시 동창 모임에 갔다 와서 일찍 잠자리에 든 상태인지라 이런 행동을 전혀 눈치 채지 못했다.

"흑! 흑…! 미안해, 영우야! 나 먼저 갈게. 흐흑! 흐흐흑!"

혹시라도 부모가 깰까 싶어 나직이 숨죽여 흐느끼던 미진은 매듭을 짓고는 목을 들이밀었다. 그러곤 디디고 있던 의자를 밀어냈다.

평상시라면 '와당탕' 같은 요란한 소리가 났겠지만 미리 깔아둔 이불이 있어 별다른 소음은 나지 않았다.

"컥—!"

체중이 실리면서 단숨에 숨이 막힌 미진은 덜컥 겁이 났는지 버둥거리며 몸을 끌어올리려 했지만 공부만 하느라 늘어난 체중과 형편없는 근력이 이를 방해했다.

"컥! 끅! 끄윽—!"

대롱대롱 매달려 발버둥 치던 미진의 움직임이 확연히 줄어들던 순간 현관문에서 소리가 난다.

삐, 삐, 삐, 삐! 띠로로롱—!

철컥—!

이 시간에 비밀번호를 누르고 들어설 사람은 없다.

그럼에도 부모는 꿈나라를 헤매는 중이고, 미진은 의식이 끊기는 상황이라 아무도 반응할 수 없었다.

다음 순간 문이 열렸고, 황급히 들어선 낯선 존재는 얼른 미진의 몸을 들어올린다.

그러곤 세심히 상태를 살피더니 얼굴에 수면가스를 분사하고는 침대로 향했다.

잠시 후 미진은 고른 숨을 내쉬며 잠들었고, 문틀 철봉에 감겨 있던 넥타이는 풀려서 원래의 위치로 돌아갔다.

같은 순간, 강영우네 집 현관문도 열렸다.

"야! 이거 무슨 소리야? 뭐야? 누가 온 거야?"

"뭐지? 너 나가봐. 얼른!"

문석철의 말에 이진환은 살그머니 방문을 열었다.

벌컥—!

"헉! 누, 누구…?"

"누, 누구세요?"

문을 열고 들어선 사내는 아무런 대꾸 없이 둘의 얼굴을

향해 수면가스를 분사한다.

치익! 치이익—!

"누, 누구…? 끄응!"

털썩—! 털썩—!

이진환과 문석철은 수마를 견딜 수 없는지 바로 쓰러졌다.

정체를 알 수 없는 존재는 기절해 있는 강영우의 상태를 살피더니 품에서 뭔가를 꺼낸다.

삼각 플라스크처럼 생긴 작은 용기에 담긴 것을 입에 넣고 울대를 툭툭 치니 스르르 식도로 넘어간다.

잠시 후 뺨과 눈 밑의 상처가 사라진다. 그러는 동안 골절되었던 뼈들이 제자리를 찾아 아물어 간다.

농도 10%짜리 미라힐의 효능 덕분이다.

마법으로 치면 힐과 동일한 효능을 가지는 미라힐은 Ⅰ~Ⅹ까지 있다. 구분은 농도를 기준으로 하고 있다.

10%짜리가 Ⅰ이고, 100%짜리는 Ⅹ이다.

이중 Ⅰ~Ⅵ는 외상 환자와 수술 환자에게 집중적으로 사용하는데, 위중한 정도에 따라 의료진이 선택하게 되어 있다.

미라힐 Ⅶ~Ⅹ은 각종 암 환자 전문 치료제로 사용될 수 있다. Ⅶ은 1기 환자에게, Ⅹ은 말기 환자에게 투여한다.

미라힐 Ⅹ과 마나포션을 섞으면 고셔병이나 윌슨병, 알츠하이머병 같은 각종 난치병이나 루프스, 루게릭, 베체트병 등 거의 모든 불치질환에도 탁월한 효능을 보인다.

쓰레기 치우기

참고로, 미라힐 X이 좋기는 하지만 엘릭서에는 못 미친다. 일단 죽음의 늪을 건너면 회생시키지 못하는 것이다.

어쨌거나 미라힐은 강영우의 모든 상태이상을 원상으로 회복시켰다.

강영우가 깊은 잠에 취한 것을 확인한 사내는 쓰러져 있던 이진환과 문석철의 뒷덜미를 잡아들었다. 그러자 마치 공깃돌처럼 쉽게 들린다.

"흐음! 어디 보자."

사내는 눈앞에 떠 있는 데이터를 확인했다.

이진환과 문석철의 출생일과 주소 등 인적사항 이외에도 다른 내용이 표시되어 있다.

이전의 역사대로라면 이진환은 63세까지 산다.

그러는 동안 5건의 살인과 37건의 폭행, 11건의 강도, 29건의 강간 등의 범죄행위를 저지르며 조직폭력 조직을 결성하여 많은 이들로 하여금 고통과 불행을 겪게 한다.

법률에 따른 처벌만 이러할 뿐 실제로는 수없이 많은 폭행이 더 있고, 성추행 및 강도, 강간도 이보다 훨씬 많다.

한편, 문석철은 58세에 사망하는데 살인 4건, 강도 22건, 강간 17건, 폭행 39건, 절도 21건을 저지른다.

이 역시 법률에 따른 처벌만 기록된 것일 뿐이다.

아무튼 문석철은 경찰의 추격을 피해 도주하던 중 무단횡단을 하다가 교통사고로 사망하는 것으로 기록되어 있다.

둘 다 군복무 이전에 교도소에 수감되었기에 병역의 의무 또한 이행하지 않는다. 국가와 사회에 전혀 도움이 되지 않는 인간쓰레기가 될 예정인 놈들인 것이다.

이 내용은 도로시의 데이터베이스에 저장되어 있다.

현수가 이곳으로 되돌아올 때인 서기 4946년까지 일어났던 거의 모든 것들이 기록되어 있다.

사소한 모든 것까지 기록된 것은 아니기에 아카식 레코드[2]의 아류(亞流) 정도는 되겠다.

용량 때문에 지극히 평범한 일 또는 별다른 현상을 야기시키지 못한 것들은 제외되어 있는 것이다.

어쨌거나 눈앞의 데이터를 확인한 사내는 곧장 옥상으로 올라갔다.

난간 너머로부터 살을 에일 듯 세찬 겨울바람이 불어왔지만 개의치 않고 뚜벅뚜벅 걸어서 가장자리로 향했다.

사내는 세심하게 챙겨온 둘의 신발과 옷, 휴대폰 등을 가지런히 내려놓았다. 자살하려는 사람들의 마지막 행동 비슷한 것이다. 난간 아래를 둘러본 사내는 각성가스를 분사했다.

치익! 치이익—!

"…끄으응! 어? 여긴 뭐야? 아, 쓰벌, 존나 춥네."

"…끄응! 헉! 누, 누구세요?"

잠에서 깨어난 이진환과 문석철은 화들짝 놀라며 물러앉는

---

[2] 아카식 레코드(Akashic Records) : 우주와 인류의 모든 기록을 담은 초차원의 정보 집합체. 아카샤 연대기라고도 함

다. 너무나 섬뜩한 외계 괴물이 서 있는 때문이다.

둘의 눈에는 2018년에 개봉될 영화 베놈(Venom)에 등장하는 외계 생물체 심비오트(Symbiote)가 보이고 있다.

참고로, 심비오트는 '공생체(共生體)'라는 뜻이다.

영화에서는 주인공 피터의 몸에 기생하면서 말도 안 되는 능력을 만들어주는 외계 생명체이다. 그러곤 끝내 숙주까지 먹어치운다. 한마디로 엄청 살벌한 놈이다.

아무튼 둘의 눈에는 먹이를 눈앞에 둔 외계 괴물이 아가리를 벌린 채 침을 질질 흘리고 있으며, 수십 개의 날카로운 이빨이 번뜩이는 것처럼 보이고 있다.

"이, 이건 뭐, 뭐야? 꺼져! 쓰벌, 빨리 안 꺼져?"

벌떡 일어선 이진환은 이내 공격 자세를 취했고, 문석철은 그런 그의 등 뒤에 숨어 덜덜 떨고 있다.

그러면서도 이거 혹시 꿈은 아닌가 싶었는지 제 살을 꼬집어본다.

"으윽! …아아아악!"

허벅지에서 통증이 느껴지자 문석철은 비명을 지르며 물러앉는다.

"사, 사람 살려! 사람 살려-!"

문석철이 지른 비명은 허공에 스러져 갔다.

세찬 삭풍이 모든 창문을 뒤흔들고 있으며, 아직 잠자리에 들지 않은 모두의 시선은 TV에 고정되어 있기 때문이다.

또 한 번의 장고 끝에 알파고는 화점에 돌을 놓았고, 현수는 그 즉시 좌측 모서리에 착수했다.

족보에도 없는 또 하나의 수였다.

모두의 고개가 갸웃해질 때 해설자들이 시끄럽게 떠들기 시작하였기에 옥상의 비명 소리는 들리지 않았다.

"크ㅎㅎㅎㅎ!"

괴물의 입에서 나지막한 소리가 새어나오자 이진환과 문석철의 얼굴이 창백해진다. 감당할 수 없는 덩치의 외계 괴물이 아가리를 크게 벌리며 다가선 때문이다.

"비, 비켜! 쓰발!"

"사, 살려 주세요. 제발!"

사내는 문석철의 멱살을 쥐고는 난간 너머로 던져 버렸다.

"컥! 아아악—!"

털썩—!

"뭐, 뭐야…?"

순식간에 문석철이 25층 아래로 떨어지는 것을 목도한 이진환은 주춤주춤 물러선다.

"씨, 씨발—! 이게 뭐야?"

"너는 이 세상을 살아갈 하등의 가치가 없어. 크ㅎㅎ!"

"……? 그, 그걸 왜 니, 니가 판단해?"

"시끄러우니 아가리 닥쳐! 냄새 나니까."

사내가 다가서자 이진환은 이판사판이라는 생각에 주먹을

휘둘렀다. 허나 어찌 이에 맞겠는가!

슬쩍 피하자 이진환은 균형을 잃었고, 사내는 곧바로 그의 뒷덜미를 움켜쥐고는 난간 너머로 넘겼다.

대롱대롱 매달린 이진환은 황급히 두 손을 비빈다. 잘못 했으니 살려 달라는 뜻이다.

"자, 잘못했습니다. 사, 살려주십시오."

이 소리 또한 거센 바람 속에 사라졌다.

"넌 사람 새끼도 아냐."

"뭐, 뭐라고요?"

"그냥 뒈져라, 쓰레기야!"

"아악! 사, 사람 살… 아아아악—!"

퍼억—!

누구나 눈살을 찌푸릴 정도로 잔혹한 범죄를 저질러 세상을 경악케 할 미래의 악당 이진환의 두개골이 화단 모서리에 부딪쳐 터지면서 이 세상에 남긴 마지막 소리였다.

사내는 둘의 휴대폰을 들어 문자를 발송했다.

부모에게 보내는 것으로, 그간 지었던 모든 악행을 통렬히 반성하며 지옥에서는 착히 살겠다는 내용이다.

잠시 후 아무도 없는 옥상 바닥을 훑는 바람이 있었다.

덕분에 이진환과 문석철의 패딩이 바람에 쓸려갔지만 신발과 휴대폰은 제자리에 있다.

이는 선제적으로 미래의 악인들을 제거하라는 현수의 명령에 의한 처벌이므로 이진환과 문석철은 사망과 동시에 영혼까지 완전히 말살되었다.

훗날의 불교에서는 6도인 지옥도, 아귀도, 축생도, 수라도, 인간도, 천상도 이외에 하나를 더 추가한다.

다시 말해 6도가 7도로 바뀌는 것이다.

지옥도보다 못한 것은 무래도(無來道)로 명명된다.

글자 그대로 미래가 없음을 뜻한다. 이에 대한 설명은 '초월적 존재로부터 처벌되어 영구히 환생 불가'를 의미한다.

생전의 업(業)에 따른 교화장이라 할 수 있던 지옥조차 갈 수 없는 완전한 소멸을 의미한다.

*   *   *

시간이 흘러 2차 대결 제1국은 종반으로 향했다.

현수가 초반에 아무렇게나 놓았던 12개의 돌은 기가 막힌 묘수가 되어 알파고를 궁지로 몰아넣었다.

조선에는 두 명의 명필이 있었다. 추사 김정희와 석봉 한호가 그 주인공이다.

한석봉은 조선 중기의 문신이다. 명필로 유명한 석봉에 관한 여러 일화가 전해져 온다.

그중 하나는 떡장수를 했던 모친과의 이야기이다.

모친은 한석봉으로 하여금 10년간 글씨 공부를 하도록 했다. 이에 집을 떠나 공부하던 중 모친이 너무 보고 싶어서 3년 만에 집으로 돌아왔다.

이에 모친은 호롱불을 끄고 이렇게 말씀하셨다.

"글씨 공부가 쉬웠던 모양이구나. 좋아, 이제 나는 떡을 썰 테니 너는 글씨를 써보도록 해라."

잠시 후, 불을 켜 보니 모친의 떡은 보기 좋게 썰어져 있었으나 석봉의 글씨는 엉망이었다.

이에 모친은 석봉을 야단쳐서 다시 산으로 보냈다.

결국 석봉은 남은 7년을 채웠고, 문자 그대로 10년 공부를 해서 조선의 명필이 되었다.

또 다른 일화가 있다.

한석봉은 학문이 그리 깊지 않았는지 간신히 진사시[3] 만 겨우 합격하였다. 하여 승정원의 사자관(寫字官)이 되어 명나라 사신 행렬에 동참하게 되었다.

참고로, 사자관은 공문서의 글씨를 깨끗하게 정리하는 하급 관리이다.

명나라 사신 행차에 여러 번 동행했는데 한 번은 명나라의 한 부자가 여러 명필들을 초청하여 잔치를 벌였다.

부자는 검은 비단병풍을 걸어놓고, 금가루를 탄 물을 가져와 자기 뜻에 맞는 글씨를 써주는 사람에게 후한 상을 주겠다고 하였다.

---
3) 진사시(進士試) : '국자감시(國子監試)'의 다른 말. 이 시험에 합격한 사람을 '진사'라고 하였다

그러자 석봉이 나아가 붓에 금물을 듬뿍 찍고는 이내 병풍 가운데에 뿌렸다. 누가 봐도 병풍을 망친 것이다.

 이를 본 사람들은 나직이 혀를 찼다.

 "저런 고얀…! 남의 잔치에 와서 저게 뭐 하는 짓이지?"

 "허어! 실력이 없으면 나서지나 말 것이지. 왜 나서서 괜한 행패란 말인가? 쯧쯧!"

 "쯧쯧, 조선에서 온 저치가 사고 한번 크게 치는군."

 "허어! 저 병풍 만드는 데 집 한 채 값이 들었다는데."

 사람들은 수근거렸고, 부자의 얼굴은 일그러졌다.

 이번 잔치에 좋은 글씨를 얻으려 많은 돈을 들였다.

 병풍을 만드느라 사용한 최상급 검은 비단은 누군가의 중얼거림처럼 집 한 채 값 정도였다.

 게다가 귀한 순금 한 냥(37.5g)을 구하여 이를 박(箔)으로 만드는 공임만 해도 상당했다.

 하여 버럭 소리를 지르려던 순간 석봉의 붓이 움직였다.

 진서(眞書)와 초서(草書)를 섞어 무언가를 일필휘지로 쓰고 있었던 것이다.

 잠시 후, 지울 수 없는 얼룩처럼 여기저기 뿌려져 있던 금물 자국은 모두 가려졌다.

 점점이 뿌려져 있던 것을 글씨로 덮은 것이다.

 이에 모두가 탄성을 발했고, 부자는 너무도 기뻐 잔치를 더 크게 베풀었다.

결국 부자는 명필 한석봉의 힘찬 글씨를 얻게 되었다.
이 사건으로 한석봉의 명성은 명나라 전역으로 번져갔다. 하여 임진왜란이 일어났을 때 이여송과 마귀 등 명나라 장수들이 앞 다퉈 석봉의 친필을 얻으려 애를 썼던 것이다.

현수가 초반에 아무렇게나 두었던 수들은 마치 병풍의 금 물결처럼 아무런 쓸모가 없는 듯하였으나, 모두가 묘수로 연결되었다. 하여 알파고가 패배할 수밖에 없었던 것이다.

"화아! 정말 대단하네."

해설진의 설명을 들은 사람들은 탄성을 금치 못하였다. 한석봉의 글씨를 본 명나라 사람들 같은 표정이었던 것이다.

현수가 244수를 놓은 이후 알파고는 장고에 들어갔고, 잠시 후 초읽기가 시작되었다. 그러다 끝났다.

이번 대국도 중간에 돌을 던질 수 없다. 하여 타임 오버가 되면서 끝난 것이다. 결과는 현수의 열 집 승이다.

"하아! 쓰벌, 왜 한 집 승이 아니지?"
"그러게. 지난번 대국은 모두 한 집 승으로 끝냈는데."
"하인스 형님 실력이 더 좋아진 모양이네."
"알파고도 엄청 진화했다고 하지 않았어?"
"그랬지. 근데 하인스 형님이 더 진화했나 보지."
"아님! 지난번에 대충 봐준 건가?"
"아무튼 돈 잃었어. 스벌!"
"그거만 걸었어? 그래도 하인스 킴 승에 걸지는 않았어?"

이번 대국은 여러 종목에 베팅할 수 있다.

누가 이기는지, 몇 수에 끝나는지, 몇 집 승인지, 총 몇 전 몇 패인지, 연승은 얼마나 이어지는지 등 10가지가 넘는다.

"수고하셨어요. 그리고 축하드려요."

대국을 마치고 간단한 인터뷰를 한 현수는 곧장 스위트룸으로 돌아왔다.

김지윤은 양복 상의를 받으며 배시시 미소 짓는다.

대국이 진행되는 동안 해설자들은 하인스 킴에 대한 다양한 평가를 했다.

바둑 실력뿐만이 아니다. 보유 재산, 투자 실력, 운영하고 있는 여러 회사들, 의료술기, 방사능 정화장치, 암 치료기 등에 관한 것들이 망라되었다.

세계적인 인기를 구가하는 다이안의 모든 곡을 작곡했다는 것과 6대 난제를 해결한 것, 그리고 페르마의 마지막 정리를 새로운 개념으로 증명한 것도 언급되었다.

가만히 듣고 있으니 인간계를 넘어선 존재인 듯한 느낌이 들 정도로 대단한 일을 했고, 칭찬 일변도였다.

이에 장차 남편이 될 사내가 얼마나 잘난 사람인지를 다시금 인지하게 되었다. 그러니 마주 서서 보는 것만으로도 너무도 흡족하여 배시시 미소 짓고 있는 것이다.

"그래."

"시원한 주스 준비했어요."
"그래? 고맙네. 손 좀 씻고 나올게."
"넹~!"
현수가 욕실로 들어간 사이에 지윤은 냉장고에 보관하고 있던 음료를 내왔다.
현수가 손을 씻는 사이에 도로시가 속삭인다.
'오늘 합방하면 새 생명이 잉태될 확률 88.9%예요.'
'응? 뭔 소리야?'
'오늘이 1황후의 가임기라는 말씀이죠.'
'뭐? 안 돼!'
'엥? 왜요? 어차피 언젠가는 하실 거잖아요. 그리고 1황자는 1황후께서 출산하셔야 나라가 안정돼요.'
현수는 대꾸하지 않고 손을 씻었다. 그러거나 말거나 도로시의 속삭임이 이어진다.
'페로몬(pheromone) 향수와 T팬티도 준비하셨어요.'
'……!'
'오늘은 란제리 쇼도 보실 수 있을 듯해요. 몹시 부끄러워하시는 게 포인트입니당. 헤헤!'
김지윤이 헐벗은 상태로 유혹할 예정이라는 뜻이며, 오늘을 위해 예행연습까지 했다는 의미이다.
'통신 끝!'
'엥? 왜요?'

'정신 사나워. 그리고 이런 정보는 필요 없어.'

'에? 저는 숙직상궁 역할 잘할 수 있어요.'

조선시대의 숙직상궁은 왕실의 후사를 위해 임금의 잠자리를 감독하고, 코치하는 역할을 맡았다.

왕과 왕비가 잠자리에 들면 방 바로 바깥에 8명의 숙직상궁들이 주위를 둘러서 에워싼다.

촛불을 끄고 성관계가 시작되면 이들 숙직상궁들은 소리를 들으며 코치를 시작한다.

이때 살아 있는 닭을 준비했는데 왕이 위급한 순간에 처하면 즉석에서 닭 피를 먹여 응급조치를 하기 위함이다.

그러면서 이건 저렇게 하고, 저건 저렇게 하며, 너무 흥분하지 말라는 등의 세세한 지시를 했다.

왕이 어릴 때에는 옷 벗기는 순서까지 가르쳤다.

숙직상궁에겐 왕자 생산 목적이 아닌 성적 쾌락을 추구하거나 심하게 몰입을 하여 흥분을 하면 언제든지 왕의 행동에 개입을 할 수 있는 권한이 있다.

그리고 왕은 법도에 따라 지시를 철저히 따라야 했다. 만약 그러지 않으면 신하들의 상소가 빗발쳤다.

장희빈과 숙빈 최씨의 남편이던 숙종의 경우에는 '미인을 경계하라'는 상소를 받기도 했다.

아무튼 조선의 임금 부부는 금기사항이 너무 많아서 오붓한 시간을 보내기 힘들었다.

참고로, 도로시는 현수의 모든 아내들이 사망한 후에 만들어졌다. 하여 잠자리에 대한 지식은 있지만 한 번도 충고나 코치를 하는 등의 행위를 해본 적이 없다.
　하여 숙직상궁 역할을 맡는 것이 버킷 리스트에 올라 있다. 그렇기에 오늘 밤 거사를 치르라는 말을 하는 것이다.
　'난 그런 거 없어도 되는 거 몰라?'
　고려의 태조 왕건은 부인이 29명이었다. 왕권을 공고히 하기 위해 지방 호족들과의 혼인 정책을 추구한 결과이다.
　부인 수로만 따지면 현수도 이에 못지않다.
　다른 점이 있다면 왕건의 부인 중에는 박색(薄色)[4]이 있었지만 현수 아내들은 모두가 절세미인이었다.
　그리고 왕건은 26년간 재위했지만, 현수는 2,900년가량 황제로 군림했고, 이중 1,500년 정도 부부 생활을 했다.
　그리고 지칠 줄 모르는 체력을 가졌기에 아주 왕성했다.
　365일 중 360일 이상이었는데 그럴 때마다 여인들은 지극한 황홀의 바다에 빠져 허우적거려야만 했다.
　아르센 대륙을 오가는 차원이동을 할 때는 다른 한쪽의 시간이 흐르지 않았으니 1,500년 이상 부부 생활을 했다.
　지구엔 부인이 다섯 명이었다.
　권지현, 강연희, 이리냐, 백설화, 그리고 테리나이다.
　이들은 한 번 잠자리를 같이하면 다음 날은 하루 종일 침대

---
4) 박색(薄色) : 아주 못생긴 얼굴. 또는 그런 사람

에 누워 있어야 했다.

체력 소모가 어마어마했던 때문이다.

그럴 때마다 힘들어하기는커녕 오히려 배시시 미소 짓곤 하였다. 너무도 황홀했고, 더없이 만족스러웠으며, 지극히 행복했던 때문이다.

아르센과 마인트, 그리고 콰트로 대륙의 부인은 20명이 넘었지만 그쪽은 일부다처가 당연한 곳인지라 본인 차례가 늦어지는 것에 대한 불만이 크게 없었다.

그리고 그쪽 역시 열락의 폭풍우 속의 한 줄기 갈대처럼 정신없이 흔들리고 나면 한 달쯤은 가뿐히 견딜 수 있었다.

다시 말해 현수는 방사(房事)에 관한 마스터이다.

지구 역사상 그 어느 누구도 현수보다 많은 성생활을 경험하지 못하였다. 부인의 수도 많았지만 그보다는 부부 생활이 아주 왕성했을 뿐만 아니라 그 기간이 엄청 길었다.

무려 1,500년 이상 유지되었으니 이론(異論)의 여지가 없다. 따라서 숙직상궁의 코치 따위는 필요 없다.

어디를 어떻게 하면 흥분하고 만족하는지, 언제 잉태시킬 수 있는지 등에 관한 전문가가 확실하기 때문이다.

Chapter 03
—
푸틴의 선물

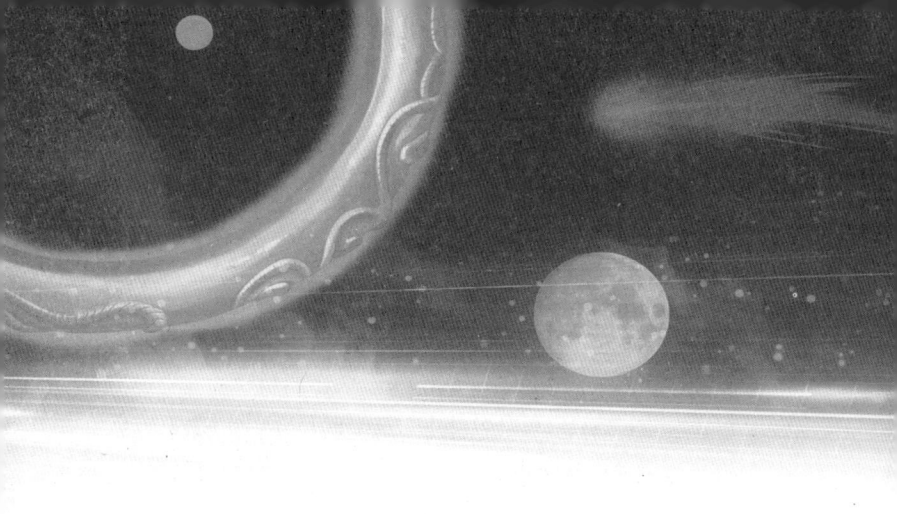

 게다가 산부인과 관련 지식이 만렙이다. 종합병원 산부인과 과장들을 가르치고도 남을 실력인 것이다.

 이러니 도로시의 말이 가소롭다.

 '쳇! 저, 그거 하고 싶은데.'

 '시끄러. 통신 끝!'

 수건으로 물기를 닦아낸 현수는 거울을 통해 본인의 안색을 살폈다. 여전히 너무 건강한 25세 청년의 모습이다.

 2,900년 이상 같은 모습이다. 앞으로도 상당 기간 현 상태를 유지할 것이다.

 '그나저나 오늘을 슬기롭게 넘겨야 하는데…'

야시시한 란제리와 T팬티를 준비했고, 사전에 연습까지 했다면 마음을 단단히 먹었다는 뜻이다.

 웬만한 상황으론 떨쳐내기 힘들 듯하다.

 하여 살짝 이맛살을 찌푸렸다. 지윤의 부모로부터 허락을 받았다고는 하나 정식으로 식을 치른 것은 아니다.

 왕국을 건국하는 마당인지라 모든 것이 정통성 있게 진행되어야 후세에도 시끄럽지 않다.

 "흐음…!"

 나직이 침음을 내는데 도로시가 다시 끼어든다.

 "폐하! 러시아에서 보낸 선물이 도착했어요."

 "선물? 러시아에서? 누가 보낸 선물인데?"

 "푸틴이 보냈네요. 나가보세요."

 "뭐지?"

 고개를 갸웃거리고는 밖으로 나갔다.

 지윤의 곁에는 아주 늘씬한 금발미녀가 서 있다. 168㎝에 53㎏ 정도이며, 아주 예쁘다.

 시선이 마주치자 얼른 인사를 한다.

 "안녕하세요? 저는 아델리나 다닐로바입니다."

 "……!"

 현수가 아무런 대꾸도 하지 않자 이내 말을 잇는다.

 "아, 저는 블라디미르 푸틴 대통령 각하께서 파견하신 러시아 외교공사입니다. 이건 제 신임장이에요."

신임장이란 특정인물을 외교사절로 파견하는 취지와 그 사람의 신분을 접수국에 통고하는 문서이다.
　얼떨결에 받아 펼쳐든 신임장에는 눈에 익은 푸틴의 서명이 있다.
　내용을 대충 훑어보니 러시아 정부가 이실리프 왕국 국왕에게 보내는 정식 외교사절이라는 내용이다.
　잠시 뜸을 들였던 아델리나는 한 발짝 물러서며 다시 한 번 정중히 고개를 숙인다.
　"전하께서는 편하게 아델이라고 부르셔도 됩니다. 그리고 이건 각하가 전하께 따로 보내신 친서예요."
　밀랍으로 봉해진 봉투 하나를 건넸다. 왕관을 이고 있는 쌍두독수리 문장이 찍혀 있다.
　"흐음!"
　대답 없이 받아서 펼쳐보니 우크라이나와 벨라루스에서 밀라와 올리비아를 파견한 것과 같은 의도이니 수행비서 겸 정부 연락관으로 쓰라는 내용이다.
　친서 뒤편엔 아델리나 다닐로바의 약력이 기록되어 있다.
　부모 모두 모스크바 국립대학 병원 의사로 재직 중으로 부친은 내과, 모친은 산부인과 소속이다.
　아델리나는 모스크바 국립대학 경영학과를 졸업했는데 그 실력을 인정받아 한국으로 치면 7급 공무원으로 특채되었으며, 경제개발부 소속이었다.

그러다 푸틴 대통령의 파견 명령으로 외교부 소속으로 바뀌었으며 일약 2급 공무원이 되었다.

지난해에 대학을 졸업했으니 엄청난 신분 상승이다. 1993년생 24세이고, 현수와는 8살 차이이다.

친서의 말미엔 러시아와의 우정이 영원히 변치 않도록 잘 대해 달라는 당부의 말이 있었는데 뉘앙스가 요상했다.

마치 사랑해 마지않는 귀한 딸을 시집보내는 친정아버지 같다는 느낌이 들었던 것이다.

문득 능글능글한 웃음을 짓는 푸틴의 얼굴이 떠올랐다.

'도로시! 이거, 이거 내 발목 잡겠다는 소리지?'

'감축드려요. 6황후 추가되셨네요.'

'끄응! 나는 왕건도 아닌데….'

'왕건이 아니신 건 맞는데 그에 버금가셨잖아요.'

'……!'

입이 열 개라도 할 말 없는 팩트 폭격인지라 조용히 입을 다물었다.

'맨 아래를 보세요.'

'맨 아래?'

아델리나 다닐로바의 약력 아래엔 양국 간 수교를 맺는 날 멸망해 버린 지나의 영토 중 장강 이북 지역에 대한 소유권을 이실리프 왕국이 차지하는 것을 인정하겠다는 내용이 있다.

지난번 만남 때 했던 이야기를 국제사회에 공식적으로 언급하고 추진하겠다는 뜻이다.

'근데 이걸 왜 여기에 썼지?'

뒤집어보니 앞면에도 충분한 공간이 있다. 하여 고개를 갸웃거릴 때 도로시가 말한다.

'아델리나 다닐로바를 수용하는 것이 조건인 모양이네요.'

'수용? 공식 외교문서인 신임장을 제청했고, 이를 받아들이는 게 수용인 거지?'

'아뇨~! 그럴 리 없죠. 푸틴이 괜히 푸틴이겠어요?'

'그럼?'

'왕건이 혼인정책으로 왕권을 공고히 한 것처럼 러시아와의 인연을 위해 품으시라는 얘기죠.'

'끄응~!'

'일단 황후 후보로 합격이에요. IQ 높고, 특별한 유전적 질병 없으며, 인간관계가 모나지 않아요. 신체도 건강하고, 별다른 결격사유가 없으니까요.'

푸틴과 도로시가 힘을 합쳐 으 으 하는 분위기이다. 등 떠밀려서 무언가를 해야 하는 이런 상황은 마뜩치 않다.

'……! 근데 이런 거 꼭 해야 하나?'

이실리프 제국의 황제는 조건이 있는 거래 따위는 하지 않는다. 무엇이든 지시를 내리면 반드시 이루어졌고, 무엇을 원하든 즉각적으로 충족되었다.

능력이 없는 것도 아니고, 재물이 없는 것도 아니며, 수족처럼 부릴 관리들이 없는 것도 아니다.

고도로 발달된 과학과 이전에는 없던 고위마법까지 뒷받침하고 있으니 당연한 일이다.

'폐하가 왕국을 선포하시면 우방이라곤 한국, 우크라이나, 벨라루스, 콩고민주공화국 그리고 러시아와 아제르바이잔, 바하마 정도예요.'

현수는 말없이 고개를 끄덕였다. 동의한다는 뜻이다.

"러시아를 제외하면 한국의 입김이 조금 세기는 하지만 현재로선 오십보백보예요. 다들 국제사회에서 차지하는 비중이 그리 높지 않으니까요.'

이번에도 고개를 끄덕일 수밖에 없었다.

도로시는 장강 이북을 장악하는 일이 결코 녹록치 않을 수도 있다는 말을 하는 것이다.

현재는 그냥 누런 흙탕물만 있는 늪지 비슷하지만 물 다 빠지고, 식생이 자리 잡으면 슬슬 눈치 보는 국가들이 있을 수 있다. 지하자원과 농토 등을 얻기 위함이다.

지진과 화산, 그리고 잦은 태풍과 홍수를 겪고 있는 일본이 가장 먼저 눈독 들일 것이다.

다음은 미국이다. 러시아 견제를 목적으로 짐 싸들고 올 확률이 매우 높다. 영국이나 프랑스 등도 예외는 아니다.

이런 움직임에 독일, 이탈리아 등이 가세하면 오래전 식민지 쟁탈전을 벌였을 때와 유사한 현상이 빚어질 수도 있다.

그 전에 러시아의 도움을 얻어 장강 이북을 먼저 영토로 장악하는 것이 중요함을 주지시킨 것이다.

'그렇긴 해도…. 시간을 두고 천천히 해도…'

만일 일본이 장장 이북 지역에 발을 들여놓으면 또 한 번 대대적인 홍수로 쓸어버릴 수 있다. 무엇을 얼마나 갖추든 몽땅 다 흙탕물 속에 잠기게 될 것이다.

물의 상급 정령으로 하여금 매일 엄청난 폭우를 퍼부으라 명령하면 반드시 이루어질 일이다.

바람의 상급 정령만 있어도 어렵지 않게 몰아낼 수 있다. 몸을 가누기 힘들 정도로 세찬 바람이 계속되면 말하지 않아도 스스로 물러나게 될 것이다.

엄청난 토네이도로 모조리 빨아들인 다음 몽땅 바다에 처박게 하면 지레 겁먹고 철수하게 된다.

'폐하! 편한 길 놔두고 일부러 험지를 택하는 건 만용이라는 거 아시죠?'

'그래서? 아델리나까지 황후로 맞이하라고?'

'뭐 내키지 않으시면 천천히 하셔도 돼요. 어차피 많이 베푸셨으니까 푸틴도 뭐라 하진 않을 거예요.'

'……!'

'다만 볼 때마다 껄끄럽긴 할 거예요.'

'끄응!'

현수는 나직한 침음을 냈다. 이때 지윤의 입이 열린다.

"무슨 일 있는 거예요?"

"러시아가 이 아가씨를 외교사절 겸 수행비서로 파견한대."

"네…? 그럼, 밀라나 올리비아처럼요?"

"그래. 그렇대. 정식으로 신임장까지 보냈어."

"……!"

현수로부터 신임장을 건네받은 김지윤은 잠시 아무런 말도 하지 않았다. 그러더니 나직한 한숨을 쉰다.

"에효! 어쩌겠어요. 알아서 잘 교육할게요."

현수는 아무런 대답도 하지 않았다.

구체적으로 언급한 것은 아니지만 대충 무슨 상황인지를 알아차린 것 같아서이다.

"괜스레 미안하네."

"아뇨! 자기가 미안해할 일이 아니라는 거 잘 알아요. 나무는 고요하고자 하나 바람이 그치지 않는다고 하잖아요."

수욕정이풍부지(樹欲靜而風不止) 하고, 자욕양이친부대(子欲養而親不待) 한다는 말은 공부했던 모양이다.

후렴을 해석하면 '자식은 부모를 봉양하고자 하나 부모는 기다려 주지 않는다.'는 뜻이다.

"내가 가지 많은 나무인 건가?"

"바람 잘 날 없어서요? 근데 그건 자식 많은 사람들에 해당되는 말 아닌가요?"

"그렇지? 근데 괜히 그런 생각이 들어서…."

"이건 자기가 너무 잘나서 그런 거예요. 저는 충분히 이해해요. 그러니 마음 쓰지 마세요."

김지윤은 확실히 속이 깊고, 이해심이 깊다.

"그래도 미안해."

"아녜요. 저는 정말 괜찮아요."

둘의 대화를 듣고 있던 아델리나는 고개를 갸웃거린다.

한국어를 아는 것은 아니지만 나무와 바람, 그리고 자기라는 말이 반복된 때문이다. 무슨 뜻인가 싶었지만 이내 고개를 흔들고는 현수를 바라본다.

세계 최고의 부자이며 투자자, 러시아와 우크라이나, 그리고 벨라루스의 은인, 뛰어난 솜씨를 가진 의사, 전무후무할 수학 천재, 그리고 첼로와 바이올린의 마에스트로 등 여러 가지로 유명한 사내이다.

국적이 남아프리카공화국이라고 하는데 완벽한 동양인이고, 32세가 되었다고 하지만 스물다섯 정도로 보인다.

훤칠한 키에 날렵한 몸매를 가졌으며, 세련된 매너와 정중함이 몸에 밴 서글서글한 호남(好男)이다.

사진이나 영상으로는 여러 번 접했지만 실물이 그보다 훨씬 낫다. 풍기는 분위기가 있었던 때문이다.

저절로 위엄이 느껴지고, 존경하고픈 마음이 샘솟으며, 사랑하고 싶어지는 사내이다.

출국 전 러시아의 짜르는 이렇게 말하였다.

"국가를 위해 한 몸 희생한다 생각하겠지만 하인스 킴을 만나는 순간 얼마나 큰 기회를 만났는지를 절감하게 될 것이야. 그러니 성심을 다해 진심으로 따르는 것이 좋을 거야."

예전의 어느 나라에서는 외국에서 국빈이 오면 자국 배우나 탤런트, 또는 가수나 예술인의 프로필을 보여줬다.
그중 하나를 낙점하면 잠자리 접대로 보냈다. 여성의 순결이나 처지, 상황 등은 전혀 고려 대상이 아니었다.
이처럼 국가를 위해 일방적인 희생을 강요했으니 이전의 위정자와 그의 수하들은 한마디로 '때려 죽여도 시원치 않을 개새끼들'이었다.
이것들은 그 와중에 제 잇속을 챙기기도 했다.
호가호위(狐假虎威)라는 말이 있다.
'여우가 호랑이의 힘을 빌려 거만하게 잘난 체하며 경솔하게 행동한다'는 뜻으로, 남의 권세를 빌려 위세 부림을 비유적으로 이르는 말이다.
독재자의 밑에서 알랑대던 놈들은 별 것도 아닌 권력으로 많은 만행을 저질렀다. 제3공화국 당시 저질러졌던 '정인숙 피살 사건'도 그중 하나이다.
이밖에 상당히 많은 여성들이 권력자들에 의해 희생되거나 성욕의 도구가 되어야 했다.

푸틴은 우크라이나와 벨라루스가 공사급 외교관을 수행비서 겸 정부 연락관으로 파견한 것을 알고 있다.

형식이 그런 것일 뿐 실제로는 두 나라에서 미인계를 쓴 것이다. '눈 감고 아옹' 한 것이다. 아마도 하인스 킴의 환심을 사서 각국의 이득을 취하려는 의도일 것이다.

러시아 역시 뒤질 수 없다.

하인스 킴의 재산과 투자 실력, 그리고 Y-인베스트먼트 및 Y-그룹 계열사들에 관한 보고는 진즉에 받았다.

그 결과 반드시 친하게 지내야 한다는 결론을 내렸다. 하여 미인계를 위한 미녀들을 천거하라는 지시를 내렸다.

여러 조건이 있었는데 신장, 체중, 외모, 학력은 기본이고, 성품과 대인관계까지 신중히 살피도록 했다.

뭐든 하나라도 빠지면 일단 제외되었다.

이중엔 처녀성 여부도 있다. 성 경험이 없어도 남자관계가 복잡하면 아무리 예뻐도 실격토록 했다.

그럼에도 최종 물망에 오른 여인만 약 80여 명이다.

푸틴은 사진과 동영상을 통해 그중 하나를 골라냈는데 그게 바로 아델리나 다닐로바이다.

현수 주변에 있는 밀라와 올리비아, 김지윤과 조인경, 그리고 설이화와는 다르게 상큼 발랄한 분위기이다.

비교적 풍족한 가정에서 충분한 사랑을 받으며 성장했고,

뛰어난 학업성적으로 늘 선망이 대상이 되었으며, 졸업 후엔 비교적 고위직으로 특채될 만큼 우수한 재원이다.

낙점 후 아델리나는 푸틴의 부름을 받았고, 그 자리에서 상황 설명을 들었다.

현 시점에서 하인스 킴을 모르는 사람은 없다. 아프리카 오지 구석구석까지 이름이 전해져 있다.

더구나 알파고와의 2차 대결을 코앞에 둔 시점이라 그의 명성은 넓다 못해 아예 지구 전체를 뒤덮었다.

아델리나 역시 현수를 선망과 존경의 대상으로 여기고 있었기에 수행비서 겸 정부 연락관을 맡으라는 말에 바로 고개를 끄덕였다.

당장은 추운 러시아를 떠나 일기 온화한 바하마 해변을 거닐어보고 싶었던 것도 한 이유이다.

파견이 결정된 이후의 모든 일은 일사천리였다. 그 결과 이 자리에 서 있는 것이다.

어쨌거나 나무와 바람, 그리고 자기라는 말이 무슨 뜻인지 알아내고 싶어 얼른 머리에 넣었다.

잠시 지윤과 시선을 주고받으며 대화를 나눈 현수는 아델리나 쪽으로 몸을 돌렸다.

"미스 다닐로바! 먼 길 오느라 고생했어요. 나는 러시아의 신임 공사인 귀하를 진심으로 환영합니다."

"지극한 영광이에요. Your highness!"

아델리나는 전통 귀족 예절에 따라 살짝 무릎을 굽혔다 펴며 정중히 고개를 숙였다. 참고로, 유어 하이네스는 '전하(殿下)'라는 뜻으로 사용된다.

현수를 국왕으로 인정한다는 뜻이다.

"여기 있는 지윤은 조만간 내 아내가 될 예정이요."

"반갑습니다. 아델리나 다닐로바입니다."

"네! 환영해요."

"자기는 미스 다닐로바의 숙소를 배정해. 나는 조금 쉴게. 오늘 따라 이상하게 피곤하네."

"알겠어요."

김지윤은 오늘 밤 계획했던 섹시 란제리 쇼가 물 건너갔음을 직감했다. 그래서 그런지 살짝 삐친 듯한 모습이다.

"이따 저택으로 갈까?"

"내일 대국은 어쩌구요? 그리고 거긴 다이안과 플로렌 멤버들이 쓰지 않아요?"

"아! 그렇겠구나. 뭐, 그럼 할 수 없지. 대신 저녁 먹고 근처에서 산책이나 할까?"

"호호! 그건 좋아요!"

지윤은 꿩 대신 닭이 되어버렸지만 그래도 그게 어디냐는 표정이다. 함께 산책하는 것만으로도 좋은 것이다.

김지윤이 아델리나를 데리고 나간 직후 현수에게 전화 한 통이 걸려왔다.

♪ ♪ ♪ ♪♬ ~   ♪ ♪ ♪ ♪♬ ♩ ~

미발표곡인 달빛 속에서의 전주(前奏) 부분이다. 액정을 보니 블라디미르 푸틴의 직통전화 번호였다.

"Да, президент!"

'네, 대통령님' 이라는 뜻의 러시아어이다.

"내가 보낸 선물은 잘 받으셨는가?"

"네에! 근데 너무 과분하네요."

어찌 싫다고 하겠는가! 기왕에 받아들일 거면 흔쾌한 것이 좋고, 칭찬을 하면 더 좋기에 한 말이다.

"우리 사이에 과분은 무슨…! 그나저나 마음에 들어하고, 기꺼이 가납해주니 좋네. 앞으로도 잘 부탁하네."

"하하! 그럼요. 고맙습니다."

"참! 오늘 대국의 승리 축하하네."

"감사합니다."

"덕분에 나도 오늘은 돈 좀 벌었네. 자네가 승리한다는 데 100만 루블을 걸었거든."

2017년 1월 15일 현재의 러시아 1루블은 한화로 거의 20원이다. 따라서 2,000만 원을 베팅했다는 뜻이다.

그리고 현수가 10집 승을 거둠으로써 이의 17배에 해당하는 3억 4,000만 원 정도를 땄다.

현수의 열세를 점쳤던 이들은 다들 허탕을 친 것이다.

"오! 감축드립니다. 많이 따셨습니까?"

"뭐, 그냥저냥. 그나저나 내일도 이길 생각이신가?"

"또 베팅하시게요?"

"돈 버는 일 아닌가? 나도 돈 좋아하네. 쓸데도 많고."

"하하! 그건 그렇지요."

"기왕에 이길 거면 몇 집 차이인지도 알려주게."

"에이, 그걸 제가 어떻게 압니까?"

"어허! 이 사람이…. 선수끼리 왜 이러시는가? 내 딸 아델리나가 시집가는데 지참금이 필요해서 그러네."

"엥…? 아델리나 다닐로바가 따님이었어요?"

이게 대체 뭔 소린가 싶었다.

"방금 서류상 내 딸로 입적되었네."

"헐…!"

"섭섭지 않게 챙겨서 보내고 싶은 게 아빠 마음 아닌가? 그러니 순순히 불게. 딱 나 혼자만 알고 있겠네."

"끄웅!"

대답을 하고 그대로 되면 현수가 알파고를 완전히 압도하고 있음을 알게 된다. 이전의 경험대로라면 한번 신뢰하면 끝까지 믿어주는 것이 푸틴이다.

"2국은 9집 승에 거세요. 다만 제 뜻대로 안 될 수도 있으니 너무 많은 돈을 걸지 마시구요."

"하하! 알겠네. 고마우이. 이만 끊으세."

"네에."

통화를 마친 푸틴은 다음 대국의 승자를 현수로, 그리고 승차는 9집에 베팅했다.

오늘 승리했기에 내일은 11배로 줄어들었다.

하여 승패엔 100만 루블만 베팅했고, 현수 승, 승차 9집에는 1억 루블을 걸었다.

현재의 배당률만 217배이다. 내일 대국 시작 5분 전에 베팅이 마감되면 500배 정도로 늘어날 것 같다.

푸틴은 흡족한 미소를 지었다.

1억 루블은 약 20억 원이고, 500배면 약 1조 원이다.

러시아 대통령인 푸틴에게도 큰돈이기는 하지만 이는 아델리나 다닐로바가 가지고 갈 지참금이라 생각을 굳혔기에 이를 어찌할 생각은 없다.

하여 아예 아델리나 다닐로바의 이름으로 베팅했다. 그리고 배당금은 스위스 은행의 비밀 계좌로 송금될 것이다.

당연히 계좌번호와 비밀번호 모두를 알고 있지만 이에 손댈 생각은 없다.

체면이 있지 어찌 수양딸에게 주는 돈을 탐하겠는가!

1조 원이 넘는 거액이겠지만 하인스 킴에게는 푼돈에 불과할 것이다. 그래도 그게 어딘가!

밀라와 올리비아를 파견한 우크라이나와 벨라루스는 그만한 지참금을 지불할 능력이 없다.

그러니 아델리나를 괄시하진 않을 것이고, 뭔가가 생기면 러시아에 조금이라도 더 베풀어줄 마음이 생기게 될 것이다.

그 결과 1조 원 정도는 우습게 여길 만큼 어마어마한 혜택이 되어 되돌아올 것으로 예상된다.

당장은 큰돈이 나가는 것처럼 보이겠지만 실상은 전혀 밑지는 장사가 아닌 것이다. 푸틴의 통장에서 빠져 나간 금액은 채 17억 원이 되지 않기 때문이다.

베팅을 마친 푸틴은 머리 뒤에 팔베개를 하곤 화면의 기사에 시선을 주었다.

오늘 대국에 관한 바둑 전문가의 해설이다.

초반의 12수는 사석(捨石)처럼 두어졌지만 그것이 어떻게 하여 묘수가 되었는지를 설명했다.

한마디로 표현하자면 절묘에 절묘가 겹친 수들이라는 평가였다. 천재가 아니면 상상조차 힘든 수라 하였다.

그리고 그것 때문에 알파고가 버벅거리는 바람에 배정된 시간을 다 써서 초읽기에 몰렸었음을 이야기했다.

전문가의 맨 마지막 줄이 인상적이다.

하인스 킴의 바둑은 인간 수준이 아니다.
현 시점에서 고도로 진화한 알파고를 열 집이나 이긴 것은 바둑의 신이나 가능한 일이다.
게다가 알파고를 상대로 10연승을 거두고 있다.

내일 또 승리를 이어갈지는 알 수 없으나 단언컨대 이것만으로도 가히 전무후무할 일이라 할 수 있겠다.

하여 나는 그를 'God of Go' 라 칭한다.

우리는 오늘 살아 있는 바둑의 신을 보았다.

내일은 또 어떤 명승부가 펼쳐질지 자못 기대되어 오늘도 밤새 잠 못 이룰 듯싶다.

Today was good, Mister Kim!

I cheered you on today. And tomorrow will too.

May God bless you!

'바둑의 신'이라니 엄청난 칭찬인 것이 분명하다.

이를 본 푸틴은 매우 흡족한 표정을 짓는다. 왠지 본인 또는 가족이 칭찬받은 기분이 든 것이다.

러시아의 대통령으로서 약 1억 4,500만 명의 국민들을 통치하기에 정치적 동지도 많지만 적도 많다.

아무리 좋은 정책을 펼치더라도 그로 인해 피해를 입거나 손해를 보는 상황이 발생하기 때문이다.

정치적 동지들 이외의 벗이 아주 없는 것은 아니다.

하지만 친구 중 어느 누구도 이런 뿌듯한 기분을 느끼게 하지는 못하였다. 현수를 남이라 여기지 않기 때문일 것이다.

푸틴에게 있어 하인스 킴은 언제든 도움의 손길을 내밀어줄 강력한 우군이다. 본인 또한 그럴 생각이다.

다만 혈연이 아니라서 더 끈끈해지지 못하는 것이 몹시 아쉬웠다. 하여 아델리나 다닐로바를 수양딸로 삼은 것이다.

러시아 연방보안국(FSB)은 아델리나의 이니셜을 따서 'A—보고서' 라 명명된 보고서를 제출한 바 있다.

현재는 최고 등급 기밀로 분류된 것이다.

여기엔 아델리나 다닐로바의 출생에서 현재에 이르기까지의 모든 행적들이 세세히 기록되어 있다.

성장과정뿐만 아니라 취향과 무엇을 선호하는지도 파악되었다. 주변인들로부터 사소한 것까지 물어본 결과이다.

푸틴이 아델리나를 선택한 것은 전적으로 이 보고서의 내용 때문이다. 물론 대면 면접도 한몫했다.

어쨌거나 그런 수양딸을 현수에게 파견하였다. 배필로 맞아들이라는 뜻이다. 그리고 기꺼이 받아들여졌다.

모처럼 선물을 했는데 받은 사람이 떨떠름해하거나, 좋아하지 않으면 보낸 사람의 기분이 어떠하겠는가!

현수는 무엇을 의미하는지 묻지 않았다.

이심전심(以心傳心)했던 것이다. 속내를 들킨 셈인데 이런 건 아주 기분이 좋다.

하여 혈연이 칭찬받은 느낌이 든 모양이다.

Chapter 04
—
나쁜 놈 벌주기

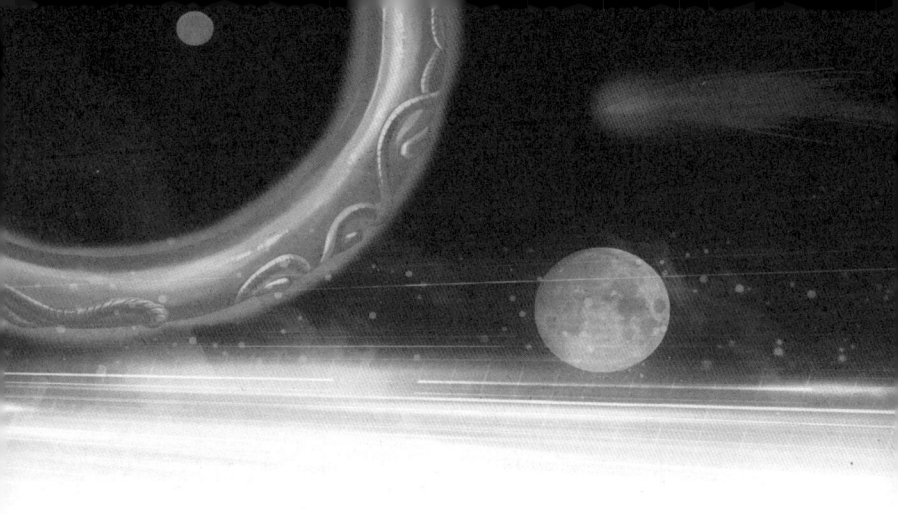

"하하! 하하하!"

푸틴은 기분 좋은 웃음을 지었다. 그러곤 막심 오레슈킨 경제개발부 장관을 호출했다.

지난 공식만찬 때 현수는 유가 월별 예상가를 알려주었다.

서부 텍사스 중질유(WTI)의 가격이 어떻게 될지를 예상한 가격표이다.

지난 12월에 경제개발부 장관이 된 막심 오레슈킨은 이 표가 사실과 부합하는지를 확인하고 있다.

지난 12월엔 배럴당 52.17달러였고, 전월에 비해 6.41%가

상승했다. 예상가와 완벽히 일치했다.

1월 17일의 예상가는 배럴당 52.61달러가 될 예정이라 하였다. 지난달에 비해 0.44%가 상승한 가격이다.

이게 맞아떨어지고 있는지 확인 후 보고하라고 했는데 여태 조용해서 불러들이는 것이다.

이달까지는 정확하게 맞아떨어지겠지만 2월과 5월엔 약간의 오차가 있을 예정이다. 소수점 아래까지 완전히 똑같으면 오히려 이상해지기에 살짝 손을 봤다.

그래 봐야 아주 작은 차이이니 대세엔 영향이 없다.

현수가 준 월별 예상가를 전적으로 신뢰하면 러시아 정부는 상당히 큰돈을 벌어들이게 될 것이다.

답을 다 알고 시험 보는 셈이기 때문이다.

푸틴이 경제개발부 장관을 기다리는 시각의 현수는 도로시와 대화 중이다.

'뭐? 대출금을 안 갚는 것들이 많다고?'

'네! 부동산을 담보로 대출을 받아갔는데 가격이 떨어지니까 상환을 중지하고 배 째라는 거죠.'

'그래? 그럼 원하는 대로 배를 째버려.'

'네에…? 설마, 정말이에요?'

전혀 예상치 못한 대답이었던 모양이다.

'아니! 진짜로 배를 째서 창자를 꺼내라는 건 아냐.'

'어휴! 그렇죠?'

'돈을 안 갚겠다고 하면 집에서 내쫓아.'

'네! 자가(自家) 거주자는 이미 다 그렇게 했어요.'

'그럼 뭐가 문제야?'

'세입자요! 소유자가 세입자들에게 보증금을 돌려줄 돈이 없는 경우가 태반이에요. 세입자들은 돈을 못 받았으니 퇴거를 거부하고 있고요. 어떻게 할까요?'

잠시 전후 상황을 떠올렸던 현수의 입이 열린다.

'그럼 Y-Property에서 채권을 인수해.'

'그러곤요?'

'곧바로 소송을 시작하면서 집주인이 가진 금융재산을 파악해서 전세나 월세 보증금에 해당하는 금액만큼 압류해.'

채권을 사들여 일단 사태를 무마한 뒤 찬찬히 다 거둬들이라는 뜻이다.

'알겠어요, 근데 문제는 법관의 숫자가 크게 줄어든 거예요. 판사와 검사의 절대 다수가 폐하의 처벌을 받았어요.'

상당수가 이미 사망했거나, 출퇴근조차 할 수 없을 지경에 처해 있다는 뜻이다.

'그래서 소송이 안 된다고?'

'그건 아니고 시간이 꽤 걸린다는 거예요.'

'그건 괜찮으니 우선은 채권부터 인수해.'

'넵! 지시대로 할게요.'

마땅히 줘야 할 돈을 못 주겠다며 배 째라고 나자빠졌던 부동산 소유자들은 향후 Y—Property의 채권 회수가 얼마나 철저한지 뼈저리게 느끼게 될 것이다.

한 푼도 없는 알거지가 되어 노숙자 신세가 되어도 연체 이자까지 확실하게 다 회수할 예정이다.

어떤 방법으로 돈을 감추더라도 다 찾아낼 수 있기 때문이다. 양심불량이었던 것에 대한 대가이다.

세입자들에겐 현 거주지에 계속 머물 권한을 부여하겠지만 악질적인 행위를 한 자들에겐 어림도 없다.

산속에서 텐트를 치고 살든 어쨌든 일체 관여하지 않으며, 취업의 문도 닫아버릴 것이다.

물론 정도에 따라 처벌 수위가 달라지겠지만 한번 양심불량으로 찍히면 그 여파가 제법 오래간다.

그렇게 되면 세상 사는 것이 얼마나 고되고, 힘든지 뼈저리게 느끼게 될 것이다.

현수가 생각하는 궁극의 국가는 '지극히 상식적이고, 선한 사람들이 서로를 도와가며 사는 세상'이다.

사실 타인의 불행을 안타까워하는 마음을 가지는 사람들만 모여 살아도 분쟁이 끊이지 않는다. 각자의 욕심이란 것이 있기 때문이다.

여기에 후안무치하고, 오로지 제 욕심만 채우려는 야차나 이리, 늑대 같은 것들까지 섞여 있으면 어쩌겠는가!

그래서 그랬는지 대한민국의 2016년 한 해 동안 고소 고발 사건 수가 무려 674만 7,513건이나 된다.

일평균 1만 8,486건의 소송이 있었다는 것이다. 여기저기에서 분쟁이 끊이지 않고 발생했다는 뜻이다.

이를 처리하기 위해 법원이 상당히 바빴다.

사실 판사, 검사, 변호사는 국가 발전에 하등의 도움이 되지 않는 존재들이다.

그들에겐 신기술 개발, 신제품 제조, 새로운 판로 개척, 신약 연구를 하는 등의 능력이 전혀 없다.

평생토록 죄지은 자들을 처벌하는 것에 골몰하며 살아간다.

일부는 어려움에 처한 이들로부터 돈이나 뜯어내는 양의 탈을 쓴 이리 또는 늑대와 다름없다.

그러다 정치권력과 야합하여 부정부패를 일삼고, 사건을 왜곡하며, 부당한 판결 및 조치를 취해 애먼 사람들에게 피해를 입힌다.

이 와중에 향응을 제공받고, 막대한 부까지 축적하고 있다. 일부만 일해서 번 돈이고, 나머지는 정당치 못한 방법으로 취득한 것이거나 보유 부동산의 가격 폭등, 임대수입 및 이자 소득 등 불로소득이다.

내부자 정보로 주식을 사서 돈을 모은 것들도 있다.

전부 잘못된 일이다. 그럼에도 잘못을 인식하지 못하고 오로지 부귀영화를 누리는 것에만 눈독 들인다.

물론 일부 선한 법관들이 없는 것은 아니다. 하지만 그 비율은 아무리 좋게 봐줘도 20% 이하이다.

이를 증명하는 것이 에이프릴 증후군으로 돼져 버린 것들의 숫자이다. 전 현직 판, 검사의 80%쯤이 이미 사망했거나 비명을 지르고 있다.

학교 다닐 때 공부를 잘했던 모양이지만 인간성은 틀려먹은 것들이다. 사법시험 합격에 목을 매어 다른 것에 관한 지식이 너무도 천박했던 결과일 수도 있다.

오로지 법률만 알 뿐 일반상식이 결여되어 있으니 그릇된 판결을 내렸고, 사건을 축소·은폐 하는 등의 조작을 일삼고도 뻔뻔하게 고개를 들고 다녔다.

이들이 범한 불법행위는 너무도 다양하여 일일이 언급하는 것조차 쉬운 일이 아니다.

법률행위를 하는 또 다른 무리가 있다. 국민들의 신망을 잃어 견찰(犬察)이라 불리는 조직이다.

1987년에 '박종철 고문치사' 사건이 있었다.

박종철은 서울대학교 언어학과 3학년이었고, 학생회장이었다. 1987년 1월 13일 자정 경 치안본부 대공분실 소속 수사관 6명이 그의 하숙집에 들이닥쳤고, 영장 없이 불법으로 강제 연행했다.

그리고 1월 14일 오전, 치안본부 대공수사단 남영동 분실

209호 조사실에서 '경부 압박에 의한 질식사'로 사망케 했다.

부검 결과를 보면 온몸에 피멍이 들어 있었고, 엄지와 검지 간 출혈 흔적이 있다.

아울러 사타구니와 폐 등이 훼손되어 있었으며, 복부가 부풀어 있었고, 폐에서는 수포음이 들렸다.

지독한 고문을 가했다는 뜻이다.

경찰은 이를 은폐하기 위해 즉각 화장(火葬)하려 하였으나 최환 부장검사의 사체 보존 명령이 떨어졌다.

다음 날, 당시의 치안본부장 강민창은 단순 쇼크사인 것처럼 발표한다.

책상을 '탁' 치니 '억' 하고 소리를 지르면서 쓰러져 죽었다는 말도 안 되는 주장을 한 것이다.

이 얼마나 몰상식한 말이란 말인가!

책상을 쳤는데 멀쩡하던 사람이 죽었다는 건 세 살 먹은 아이도 코웃음 칠 일이다.

국민을 개나 돼지 정도로 여기지 않는다면 이처럼 말도 안 되는 걸 카메라 앞에서 떠벌이진 않았을 것이다.

어쨌거나 전, 현직 법관 및 경찰 가운데 상당수가 속아졌다. 이들의 공통점은 죽을 때까지 이루 형언할 수 없을 정도로 처절한 고통을 겪었고, 비명을 지르다가 뒈진 것이다.

산 채로 지옥의 형벌을 받았던 것이다.

그러는 가운데 가산(家産)이 탕진되었다.

불법 또는 편법으로, 혹은 불로소득이나 뇌물 등으로 어마어마하게 쌓아두었던 재산의 상당 부분이 사라졌다.

부동산 가격 폭락에 이은 은행권의 부동산 담보대출 연장 불가와 원금 회수가 아주 큰 역할을 했다.

부동산 불패를 부르짖으며, 임대수익 같은 불로소득을 꾀하려다가 작살난 것이다. 특히 강남 3구에 부동산을 보유하고 있던 것들은 날벼락을 맞은 것이나 다름없다.

꾸준히 오르기만 하던 아파트나 빌딩의 가치가 급전직하하여 똥값으로 전락했다. 하락 폭은 전국 최고이다.

10분의 1은 보통이고, 100억짜리 건물이 5억 원 정도로 떨어졌으니 20분의 1까지 폭락한 것도 있다.

이런 와중에도 막대한 병원비를 지불해야 했다.

건강보험에서 전혀 지원되지 않는 상황이고, 정해진 의료수가가 없기에 부르는 게 값이다. 의료보험이 없는 미국인들이 겪는 걸 고스란히 겪었다고 생각하면 된다.

예를 들어, 미국의 어떤 신생아가 갑자기 발작을 일으켰다. 급히 병원에 입원시켰는데 하루 입원비만 450만 원 정도이다. 여기에 매일매일 진행되는 각종 절차비용과 간호인력 비용, 식대, 기저귀 등 소모품 비용 등이 포함되면 1주일 입원에 약 6,000만 원이 청구된다.

이걸로 끝이 아니다.

입원기간 동안 행해졌던 각종 검사비용과 입원 중 처방한 약, 그리고 퇴원 후 처방받는 약값까지 포함하면 약 2억 2,500만 원 정도가 청구된다.

1주일 입원이었으니 하루에 약 3,214만 원 꼴이다.

에이프릴 중후군 환자들이 병상을 차지하고 있는 동안 평균적으로 지불해야 했던 비용은 하루에 약 2,500만 원가량이다. 이는 전국 평균이다.

가장 많은 대기자가 몰렸던 서울의 어느 대형병원에선 하루에 4,200만 원씩 청구하기도 했다.

부정부패, 권력남용, 뇌물, 협잡, 담합, 횡령, 배임, 조작, 은폐 등으로 거금을 축적했던 소위 사회지도층 인사들의 지갑을 확실하게 털어버린 것이다.

남들 보는 눈이 있고, 병원 감시인력이 있었기에 야반도주는 하지 못했다. 하여 탈탈 털린 채 퇴원하거나, 관 속에 누워 곧장 화장터로 보내지곤 했다.

그 결과 유족들 대부분 서민층 내지 빈곤층으로 주저앉게 되었다. 이런 와중에 각 기업에서 구조조정이 진행되었다.

그 결과 이들의 가족은 우선적으로 밀려났다.

특히 불법청탁으로 입사했던 것들은 근무기간 동안의 과오에 대한 대가까지 지불해야 했다.

그 증거는 도로시가 찾아냈고, 확실히 받아내지 못하면 경영진을 교체하겠다는 경고의 말을 잊지 않았다.

이제 에이프릴 중후군에 걸린 자의 가족은 웬만해선 구제되긴 어려울 것이다. 부당하게 호의호식하면서 사람들을 무시하고, 갑질을 일삼은 것에 대한 대가이다.

 개고생은 아마 상당기간 이어질 것이다.

 하여 잘 먹고 잘 사는 동안 한 번도 거들떠보지 않았거나, 경시해마지않던 일을 본인이 하게 된다.

 특히 나이 많은 경비원에게 갑질을 하거나, 행패를 부리던 것들은 반드시 그 일을 하게 된다.

 다른 선택지가 주어지지 않기 때문이다. 그리고 경비원이 되면 평생 그 일에 종사하게 된다.

 도저히 헤어 나올 수 없는 환경이 조성되기 때문이다.

 스스로 목숨을 끊고 싶겠지만 이도 쉬운 일이 아니다. 위성으로 일거수일투족을 살피고 있기 때문이다.

 예를 들어, 목을 매거나 수면제를 과다복용하면 3분 이내에 119 대원이나 경찰이 출동한다.

 별다른 노력 없이 떵떵거리며 살았고, 남들을 무시 내지 멸시하면서 실컷 누리기만 했던 삶이다.

 그런데 조금 고생스럽다 하여 그냥 가게 하는 것은 형평에 맞지 않다. 하여 죽는 것조차 허락하지 않는 것이다.

 어쨌거나 향후엔 고소 고발이 확실하게 줄어들게 될 것이다. 불량품들이 대거 솎아진 때문이다.

 그래도 서로 다른 처지와 생각을 가진 사람들이 모여 사는

지라 분쟁이 완전히 종식되지는 않을 것이다.

하지만 1일 평균 1만 8,486건이었던 소송은 200건 이내로 감소하게 될 것이다.

서로 조금씩 양보하고, 상대의 상황이나 처지를 이해하려고 노력하면 고소, 고발은 자연스레 줄어들기 때문이다.

'다른 건 뭐 더 없어?'

'만능 제작기와 일꾼로봇의 숫자를 늘리고 있는 중이에요.'

'그건 왜?'

'한국의 외국인 노동자 숫자가 왕창 줄었잖아요.'

에이프릴 중후군이 창궐하자 외노자들은 서둘러 귀국을 선택했다. 출입국이 전면 통제되기 이전이라 바로 바로 빠져나갈 수 있었다.

176만 명 이상이 있었는데 100만 명 이상이 빠져나갔다. 절반 이상이 줄어든 것이다.

그 결과 생산현장 또는 공사현장에서 일손이 부족하다고 아우성쳤지만 이내 수그러들었다.

순식간에 닥친 불경기 때문이다.

물건을 만들어도 수출할 수 없는 상황이고, 내수는 수요가 한정되어 있으니 무작정 재고를 늘릴 수 없다.

하여 일자리가 감소되면서 외노자 급감사태가 자연스레 해소된 것이다. 다만 이는 미봉책이다.

경기가 회복되면 임금 저렴한 외노자들이 다시 필요하게

된다. 내국인을 고용하면 수지타산이 맞지 않기 때문이다.

도로시는 이런 문제를 해결하기 위한 컨설팅을 시작했다.

Y-Counseling에서는 현장을 혁신적으로 개량해준다.

인력으로 하던 거의 모든 작업을 로봇으로 대체할 수 있도록 계획을 잡아주는 것이다.

그러곤 Y-Supply를 통해 생산로봇을 공급한다.

기업의 특성에 맞는 맞춤설계로 제공하는데, 유지 및 보수까지 제공한다.

당연히 비용이 발생되는데, 리스제와 지분제 중 원하는 것을 선택하도록 한다.

리스제를 선택하면 생산로봇을 할부로 구입하는 것이나 마찬가지이다. 유지보수에 필요한 비용도 지불해야 한다.

가격과 비용은 기업주들이 놀랄 만큼 저렴하다.

만능제작기로 제작하는데 분리수거 된 금속으로 만들면 사실상 원가가 거의 없는 셈이기 때문이다.

그래도 공짜에 가깝지는 않다.

호의가 계속되면 그를 권리인 것으로 착각할 우려가 있으므로 생각한 것보다 저렴한 가격을 책정했을 뿐이다.

지분제는 기업의 지분을 Y-그룹과 나누는 것이다.

이를 선택하면 모든 생산 공정을 완전자동화로 바꾼다.

이때 투입되는 생산로봇의 숫자와 성능, 작업 난이도 등을 충분히 고려하여 지분을 나눈다.

이런 경우엔 유지보수에 필요한 비용을 청구하지 않는다.

현재 아주 활발한 카운슬링이 이어지고 있다.

성능이 매우 뛰어난 A.I가 응대를 하고 있으므로 상대는 Y―Counseling 직원과 상의하는 것으로 착각하고 있다.

최적의 솔루션을 제공하니 흔쾌히 동의하고 있으며, 그 결과 수많은 공장들이 자동화로 바뀌고 있다.

아무튼 인간들이 하던 작업 거의 전부를 로봇이 담당하게 되니 앞으로는 인력난을 겪을 일이 거의 없을 것이다.

일련의 작업이 이루어지는 동안 전국 각지에 새로운 공장들이 무수히 설립되고 있다.

모두가 Y―그룹 산하 기업인지라 거의 100% 무인 생산이다. 하여 생산직 일자리는 크게 늘지 않았지만 대신 관리직 사원들을 대거 채용하고 있다.

일본, 지나, 미국, 유럽 등에서 수입하던 각종 원료, 소재, 부품, 장비 전부를 국산화하기 위한 사전작업이다.

이게 완수되면 더 이상 외국과 교역하지 않아도 된다.

모든 생필품 및 첨단제품 등을 완벽히 자체 조달할 능력을 갖추는 것이기 때문이다.

국내에 없는 지하자원은 한반도 이북과 만주, 장강 이북 지역을 차지할 이실리프 왕국에서 공급해줄 예정이다.

공산품뿐만 아니라 농산물 자급자족을 위한 스마트 농장도 무수히 지어지고 있다.

2016년 현재 논 10a(약 300평)당 쌀 생산량은 539kg이다. 이는 전년보다 0.6% 감소한 수치이다.

낟알 익는 시기에 일교차가 감소했고, 잦은 비와 태풍 등 자연 여건이 생산량 감소에 영향을 미친 결과이다.

스마트 농장은 이와 거의 무관하다.

일종의 온실이고, 발달된 태양광 발전기술을 통해 소요 에너지를 조달하기 때문이다. 다시 말해 비, 바람, 일조량 등에 크게 영향을 받지 않는다.

이 농장에서 재배될 작물은 전부 개량종이다.

벼를 예로 들면, 현재보다 18.08배 증산되는 품종이 식재된다. 300평당 무려 9,745kg이나 수확할 수 있는 것이다.

이전의 역사를 보면 대한민국의 2020년 곡물 자급률은 20.2%였다. 쌀을 제외한 모든 곡물이 필요로 하는 양만큼 생산되지 못하기 때문이다.

라면, 과자, 빵 등의 주요 원료인 밀의 자급률은 고작 0.5%에 불과하고, 옥수수의 그것은 0.7%이다.

이처럼 곡물 자급률이 바닥까지 하락한 원인은 생산 정체, 농지면적 감소, 곡물 수입 증가, 국민 식생활 변화 등이다.

참고로, 2016년의 곡물 자급률은 24%였다.

어쨌거나 스마트 농장은 단층이 아니다. 국토 면적이 작은 대한민국에 꼭 필요한 기술집약적인 산업인 것이다.

작물의 종류에 따라 10층 내지 20층 규모로 지어지는데 이릴 경우 벼의 수확량은 10a당 9만 7,450~19만 4,900kg이나 된다.

현재의 539kg과는 비교할 수 없는 수치이다.

쌀, 보리, 밀, 콩, 팥, 조, 수수, 기장, 옥수수, 감자, 고구마, 양파, 오이, 배추, 무, 당근, 상추, 참깨, 들깨, 양배추, 시금치, 호박, 가지, 우엉, 토란, 고추, 마늘, 생강, 미나리, 대파, 쪽파 등 필요로 하는 모든 작물을 재배할 예정이다.

다음은 개량된 종자를 쓸 경우 현재에 비해 얼마나 수확량이 늘어나는지에 관한 표이다.

쌀	18.08배
보리	17.85배
밀	18.22배
콩	18.02배
옥수수	22.01배

감자	16.01배
고구마	15.55배
참깨	13.47배
들깨	13.49배
마늘	16.55배

이 표에 언급되지 않은 다른 작물들도 최하가 현재의 10배 이상 수확된다. 그리고 이것들의 공통점은 병충해에 매우 강하며, 알곡이 실하다는 것이다.

아무튼 10층짜리 스마트 농장이 건립될 경우 각종 작물의 예상 수확량은 현재의 100배 이상이 된다. 20층이라면 당연히 200배 이상이다.

이 정도면 모든 곡물을 자급자족하고도 엄청 많이 남는다.

이런 상황에 도달하게 되면 외부 입김에 의해 좌지우지되는 일이 발생되지 않는다.

다시 말해, 전 세계가 왕따시켜도 아무런 지장이 없는 완전한 독립 체제가 가능해지는 것이다.

게다가 한반도 이북에 자리 잡게 될 이실리프 왕국은 최첨단의 끝을 달리는 가장 선도적인 국가가 된다.

가전제품, 의약품, 통신기기 등 모든 의약, 공산품의 성능과 품질이 세계 제일이다.

예를 들어, 한반도가 21세기 국가라면 미국과 유럽을 포함한 선진국들은 14세기 남짓한 수준이 된다.

이보다 못한 남미와 중동, 아프리카는 어떻겠는가!

한쪽에선 비행정을 타고 우주여행을 다니는데 다른 나라에선 활로 사냥하는 것과 유사하다.

이 정도면 굳이 외국을 눈여겨볼 하등의 이유가 없다.

조금 더 시간이 지나 모든 체제가 완비되면 곧 보게 될 확실한 수준 차이이다.

현수는 굶주림을 혐오한다. 하여 도로시가 스마트 농장 등의 건립을 서두르고 있는 것이다.

하루라도 빨리 성과를 내기 위해 만능제작기와 일꾼로봇의 수를 부지런히 늘리고 있는 것이다.

'뭐 그건 알아서 해.'

'네! 무리하지 않는 선에서 최대한 빨리 이루어 내도록 노력할게요.'

'다른 건 뭐 더 없어?'

'9국 끝나면 26, 27, 28일을 쉬시잖아요. 그때 마리아나 해구에 가보시는 건 어떨까요?'

'흐음, 거기 있는 건 노임이지?'

'네! 폐하의 회고록에 의하면 땅의 중급 정령이죠.'

'근데 거긴 귀국하는 길에 들러도 되지 않을까?'

마리아나 해구는 미국령 괌(Guam)에서 가는 것이 가깝기에 한 말이다. 참고로, 괌은 필리핀 동쪽, 하와이 서쪽, 그리고 파푸아뉴기니 북쪽에 있는 섬이다.

'뭐, 그러셔도 되긴 하죠. 그럼 저택에서 쉬시는 걸로 알고 스케줄 잡을게요.'

'그래, 그게 낫지. 여기 온 김에 며칠 쉬자. 비행기 타고 왔다 갔다 하는 것도 고역이잖아.'

텔레포트 마법만 활성화되면 불과 몇 초 만에 끝날 일인데 꼼짝없이 항공기 안에 갇혀 있는 것이 불편해서 한 말이다.

창공을 훨훨 나는 송골매의 날개를 묶어 자그마한 드론에 태운 것이나 다름없는 일이기 때문이다.

'괌도 휴양지니까 지윤과 수행비서들을 데리고 가는 걸로

잡아. 참, Y-엔터 쪽은 어때? 거기 인원도 다 데리고 갈까?'

'엔터 쪽 인원은 이후의 스케줄이 있지 않을까요? 확인해 보고 말씀드릴게요.'

그릇된 보도를 일삼는 언론들을 징치하자 거의 모든 신문사와 방송사가 폐업하게 되었다. 그 결과 대부분의 연예인들이 일자리를 잃었지만 Y-엔터 소속 연예인들은 바쁘다.

자체 플랫폼이 설립되면서 음악 프로그램과 영화, 드라마, 쇼, 예능 등을 종횡무진하고 있다.

Y-채널은 전파나 케이블이 아닌 공용 인터넷망을 통해 동영상을 서비스하는 OTT(Over The Top) 플랫폼이다.

모든 뉴스와 드라마, 영화, 각종 예능과 다큐, 그리고 교육과 시사 프로그램 등을 100% 자체 제작하여 송출한다.

시청료는 시청자들의 가벼워진 주머니 사정을 고려하여 월 4,000원으로 통일했다.

참고로, 현재의 TV 시청료는 전기 요금과 함께 청구되고 있는데 월 2,500원이다. 이 밖의 케이블TV와 IPTV, 그리고 각종 OTT는 별도로 요금을 납부해야 한다.

Y-채널은 시청 가능 채널수에 따라 베이직, 스탠다드, 프리미엄 등으로 구분하여 차등하지 않는다.

그리고 자체제작인 오리지널 작품들이 계속 나오고 있다.

이미 검증된 대본을 도로시가 현재에 맞게 각색한 것이라 시청률이 떨어질 수 없다.

드라마의 작가명은 도로시와 현수의 이름을 따서 '김도현', 또는 '김현도'로 할 예정이다.

이 흔한 이름의 주인공은 가상의 인물이다. 그럼에도 주민등록번호와 은행계좌, 그리고 신용카드가 있다.

학적 기록, 병적 기록, 심지어 신체검사를 받았던 의무기록까지 완벽하게 갖춰져 있다.

누가 봐도 완벽히 존재하는 인물이다. 다만 언론이나 방송 등에 등장하지 않을 뿐이다.

원고료도 확실하게 챙기고 있다. 공짜로 퍼줄 생각은 없는 것이다. 당연히 저작권 등록을 했고, 누구든 불법복제 등의 범법행위를 하면 곧바로 법적 처벌에 착수한다.

저작권에 대한 대중의 인식을 바꾸기 위함이다.

2017년 1월 현재 총 16편의 드라마가 제작되는 중이다. 16과 24, 그리고 36과 52부작이 각각 4편씩이다.

이밖에 52편의 영화가 만들어지고 있다. 1년이 52주이니 2주일마다 두 편씩 개봉될 예정이다.

하여 Y—엔터 소속은 거의 모두 작품에 출연하고 있다. 아직 데뷔하지 않은 연습생들은 단역을 맡는다.

이외에도 많은 배우들이 필요했기에 다른 소속사 연기자들도 캐스팅하였다. 방송사 폐업으로 갑자기 일자리를 잃은 이들을 배려한 것이다.

이 과정에서 일부 연기자들이 걸러졌다.

인간성이 결여되어 있거나, 사회적인 물의를 일으킬 일과 관련된 자들을 배제한 것이다. 아마도 다시는 연예계에 발붙이지 못하게 될 것이다.

뉴스는 진짜 기자다운 기자들이 취재한 것이 보도된다.
어떤 사건이 일어나면 원인과 결과, 그리고 문제점을 지적하고, 이에 대한 해결책을 제시하는데 지극히 상식적이며, 합리적이라는 평가를 받고 있다.
사람들이 잘 모르는 것이 있다.
이전의 대한민국 언론의 뉴스 신뢰도는 미국, 유럽, 일본을 포함한 36개국 중 꼴찌였다.
이는 한국 언론진흥재단과 영국 로이터 저널리즘 연구소가 공동으로 조사한 결과이다.
여러 항목에 관해 알아봤는데 특히 한국인의 절반 이상이 뉴스를 기피하는 것으로 밝혀졌다.
그 이유 중 일부는 다음과 같다.

1. 뉴스가 진실이 아니라서
2. 논쟁에 휘말리기 싫어서
3. 뉴스를 보면 기분이 나빠져서

이는 어느 한쪽으로 편향되었거나, 보수(保守)로 위장한 친

일성향 언론사들과 그에 소속된 기레기들 때문이다.
 사실 언론사라 칭하는 것도 과분하다. 황색 전단지나 남발하는 극도로 저열한 집단이었기 때문이다.

Chapter 05
—
바퀴벌레보다 못한

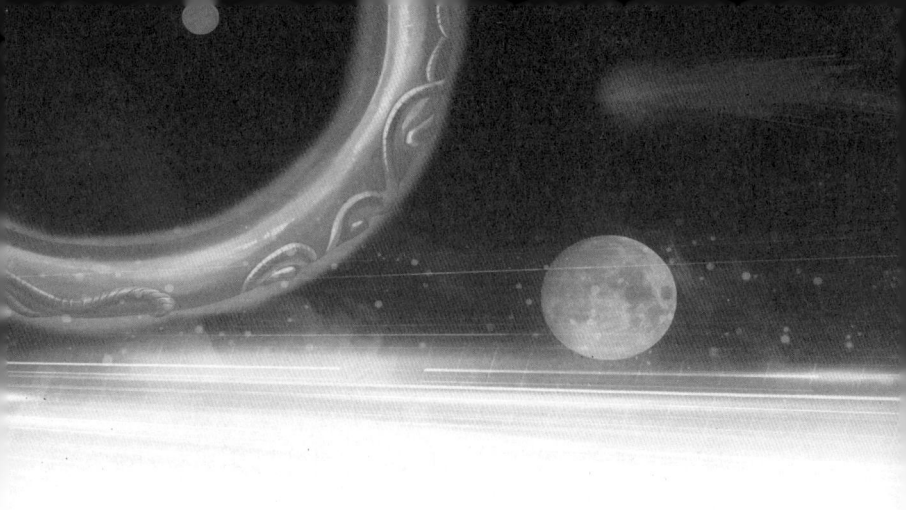

 어쨌거나 한국엔 기자를 하면 안 되는 쓰레기들이 너무 많았다.

 하여 기레기라는 신조어가 만들어진 것이다.

 이들에 의해 가짜 뉴스가 남발되는 것은 물론, 편파, 왜곡된 뇌내망상(腦內妄想)이 마치 진실인 것처럼 각색되어 보도되었다.

 심지어 자신들의 뜻에 배치되면 아예 취재를 하지 않았고, 조금이라도 거슬리면 지구 끝까지 쫓아갈 기세로 파고들었다.

 그러다 뭔가 꼬투리가 하나라도 잡히면 이를 침소봉대(針小

棒大)[5] 하고, 견강부회(牽强附會)[6] 하여 어린 토끼를 성난 늑대인 것처럼 꾸몄다.

 그래 놓고는 집중포화를 날려 정신적으로 피폐하도록 갈구고 또 갈궜다. 한 사람의 인격을 말살하려고 갖은 지랄을 다 했다. 진짜 개만도 못한 것들이었던 것이다.

 이로 인해 국민들에게 그릇된 인식이 심어지고 있었다.

 정신적인 세뇌를 하고 있었던 것이다. 하여 가장 먼저 기레기 소탕을 지시했던 것이다.

 대부분의 인간이 혐오하는 바퀴벌레도 쓰임새가 있다.

 먼저, 바퀴벌레는 핵폭탄이 터져도 끝까지 살아남을 곤충으로 지목된다. 그만큼 생명력이 강하다는 뜻이다.

 심지어 어떤 종(種)은 머리가 잘려도 1주일은 버틴다.

 '나데즈다(надежда)'란 이름의 러시아 바퀴벌레는 최초로 지구 밖에서 임신을 했다.

 급격한 온도 변화, 우주방사능, 무중력이라는 악조건에서도 알을 까는 데 성공했던 것이다.

 어쨌거나 대규모 화산 폭발로 인한 화산재에 의해 모든 농토가 뒤덮이거나, 유성이나 혜성 충돌로 인한 분진이 햇빛을 가리면 다시 빙하기가 올 수도 있다.

---

5) 침소봉대(針小棒大) : 작은 바늘을 큰 몽둥이라고 한다는 뜻으로, 작은 일을 크게 부풀려서 말함을 비유적으로 이르는 말
6) 견강부회(牽强附會) : 근거가 없고, 이치에 맞지 않는 것을 억지로 끌어대어 자기에게 유리하도록 맞춤

이렇듯 작물 재배가 불가능한 상황이 되면 단백질로써 바퀴벌레를 섭취해야 할지도 모른다.

실제로 지나에는 바퀴벌레로 음식 만드는 곳이 존재했다.

쓰레기 하치장 같은 곳에서 우글거리는 걸 잡아다 만드는 건 아니라고 강변한다.

그래도 식용이니 무균 양식장에서 기른 걸 쓴다고 주장한 것이다.

하지만 이를 전적으로 신뢰해서는 안 된다. 무엇을 하든 상상 그 이하인 족속이 아니던가!

어쨌든 바퀴벌레에는 필수영양소가 골고루 들어가 있다. 다시 말해 진짜로 단백질원이 될 수 있다.

반면, 기레기는 아무짝에도 쓸모가 없다. 바퀴벌레만도 못한 존재들인 것이다.

매일매일 식량이나 축내고, 공기를 오염시키며, 대소변과 뇌내망상이나 배설하여 여럿을 피곤하게 하는 진짜 쓰레기만도 못한 것들이다.

그냥 놔두면 점점 더 주변을 오염시킬 것이 뻔하다.

하여 그들로 인한 폐해가 더 이상 발생하기 전에 싸그리 치워 버린 것이다.

그러는 김에 아예 영혼까지 말살시켰다. 존재 자체를 확실하게 지워 버린 것이다.

어쨌거나 Y—채널에서 보도되는 뉴스는 이전과 사뭇 다르다. 보도국의 모토는 '오로지 진실만'이다.

무조건 빨리 보도하기 위해 확인되지도 않은 뉴스를 남발하지 않으며, 가짜 뉴스는 기획조차 하지 않는다.

기자들에겐 상당한 고액 연봉이 지불된다. 활동에 필요한 차량과 각종 도구, 그리고 충분한 취재 비용도 제공된다.

대신 보도윤리를 어기면 곧바로 해직 내지 파면이다.

만일 회사에 손해를 끼쳤다면 반드시 그에 합당한 법적 처벌을 받게 하고, 산정된 피해액은 끝까지 받아낸다.

이것으로 끝이 아니다.

상기 사유로 쫓겨난 기자는 다시는 언론 계통에 취업하기 힘든 몸이 된다. 두들겨 패서 불구로 만드는 게 아니라 그에 한정하여 취업의 문을 닫아버리는 것이다.

물론 Y—그룹 계열사와 현수가 소유한 모든 상장기업 역시 이에 발을 맞춰 서류전형 단계에서 탈락시킨다.

면접 기회조차 주지 않는 것이다.

아울러 주거지 임대신청 서류도 모두 반려된다. 이 정도면 사회생활에 사망선고를 내리는 셈이다.

일반에 비해 많은 월급을 주는 대신 청렴함과 균형 잡힌 사고(思考), 그리고 양심적인 보도를 요구하는 것이다.

하여 이전의 기레기에 버금가는 짓을 하게 되면 곧바로 에이프릴 증후군으로 고생고생하다가 삶의 끈을 놓게 된다.

용서할 수 없는 일을 한 대가이다.

Y-채널에서는 각종 오락과 쇼, 그리고 교양과 시사 프로그램과 다큐멘터리 등을 이전과 다른 포맷으로 제작한다.

도로시가 보관하고 있는 여러 기록을 참조했다. 초기 시청자 확보를 위한 조치이다.

하여 시작과 동시에 거의 1만 개 이상의 콘텐츠가 제공된다.

단순히 홍미만 유발하는 것이 아니다. 지식 전달과 진실을 깨닫게 하는 계몽적인 측면도 있다.

시사프로그램을 예로 들자면 수구꼴통세력을 지지하던 노년층에게 그 집단이 저질렀던 추악한 이면(裏面)을 보여줌으로써 맹목적으로 지지했던 것을 반성하게 한다.

겉으론 근엄하고, 나라를 위해 봉사하는 것처럼 했던 것들이 해만 떨어지면 룸살롱에서 제 딸보다도 어린 아가씨들의 속살을 탐했다.

뇌물 처먹는 데는 도사가 따로 없을 지경이고, 각종 이권에 개입하여 막대한 돈을 챙겼다.

정부에서 입안한 국토개발계획을 사전에 입수하여 알박기를 한 것은 애교라고 할 수 있을 정도이다.

기업 등에 취업 청탁을 하여 불법 입사를 밥 먹듯 했고, 각종 재판에 압력을 넣어 부당한 판결이 나도록 했다.

이래 놓고는 국민들을 위하는 척했지만 실상은 개나 돼지 정도로 여기며 멸시하고 조롱하곤 했다.

반대로 진보세력을 지지했던 이들에게도 그들이 부렸던 꼼수와 야합, 안면몰수, 그리고 허무맹랑한 주장이 어떤 결과를 야기시켰는지를 적나라하게 보여준다.

노동쟁의가 있는 기업과 노동조합 사이에 끼어들어 양쪽으로부터 뇌물을 받아 챙기는 일은 예사이다.

젠더갈등을 조장하여 사회분란을 심화시켰고, 툭하면 뜻을 바꿔가며 박쥐처럼 굴었다.

달면 삼키고 쓰면 뱉는다는 감탄고토(甘呑苦吐)의 전형이라 할 수 있다.

진보세력은 늘 정의를 부르짖지만 결코 정의롭지 못한 집단이라는 것을 적나라하게 까발리는 것이다.

진보세력의 의원 구성을 보면 깜냥조차 되지 않는 함량 미달들이 대거 포진해 있었다.

보수와 개혁 세력도 마찬가지이다.

이 과정에서 조작이나 왜곡은 전혀 없다.

진짜 있는 그대로를 진솔하게 보여주는 것이다. 게다가 확실한 증거가 제시된다.

이것을 보게 되면 그간의 미망(迷妄)에서 깨어나 진실 내지 사실을 직시하는 안목을 갖게 된다.

혹시라도 이전의 썩어빠진 언론들이 다시 등장하여 가짜뉴스나 왜곡된, 또는 편파 보도를 남발해도 그에 현혹되지 않을 현명함을 주는 것이 방송의 목적이다.

혹세무민하는 사이비종교를 전혀 다른 시각으로 보게 되면 절대로 끌려들지 않는 것과 마찬가지이다.

시사프로그램의 제작은 무지몽매(無知蒙昧)[7] 했던 민중을 현명하게 계몽(啓蒙)하는 것이 목적이다.

다행인 것은 연초에 실시된 국민투표를 통해 '정당 설립이 원천적으로 금지' 되었다는 것이다.

의원들이 집단을 이뤄 몽니[8] 부리는 것이 차단된 것이다.

아울러 이번 총선을 통해 선출된 의원들은 이전의 인사들과는 사뭇 다르다.

국회의원들이 누렸던 특권 거의 대부분이 사라졌지만 정말로 나라를 위해 뭔가를 해볼 인물들이 뽑힌 것이다.

거의 대부분이 초선이라 아직 때 묻지 않았다. 당분간은 부정부패가 없을 것이라는 뜻이다.

만일 그런 일을 획책하거나 저지르게 된다면 그에 합당한 처벌이 기다리고 있다.

당연히 에이프릴 중후군이다. 걸리면 뒈진다!

그리고 이게 끝이 아니다. 영혼말살은 기본이고, 유족들까지 불이익을 당할 확률이 있다.

부정부패한 행위로 얻은 금품으로 호의호식했거나, 누군가

---

7) 무지몽매(無知蒙昧) : 아는 것이 없고 사리에 어두움
8) 몽니 : 받고자 하는 대우를 받지 못할 때 내는 심술

에게 갑질을 하는 등의 행위를 한 것에 대한 처벌이다.

　예능도 이전과는 살짝 다르다.
　일부 연예인과 아이돌만 주구장창 데려다 웃고 까불면서 이미지를 소모시키는 것이 아니다.
　연령대에 따른 특색 있는 프로그램을 방영토록 한다.
　먼저 유아와 어린이들을 위한 교육, 학습, 애니메이션 등이 매일 방영될 예정이다.
　애니메이션에는 을지문덕, 강감찬, 이순신 등 구국의 영웅들이 주인공인 것들이 있다.
　이들을 아이들의 눈높이에 맞춰 자동차, 로봇 등으로 비유해서 보여준다.
　이밖에 홍길동, 전우치, 화담 서경덕, 토정 이지함, 서산대사에 관한 것도 있다.
　도술을 부렸던 것으로 짐작되는 인물들이다.
　하여 약간 과장된 도술을 보여줌으로써 아이들에게 상상력이라는 날개를 달아주고자 함이다.
　한편, 한의학을 알리기 위해 허준, 허임, 백광현, 이제마 같은 인물들의 삶을 그린 것도 있다.
　현재는 한의사를 한무당이라 칭하는 이들이 있다.
　서양의학과 비교했을 때 과학적으로 입증되지 못하는 내용이 있기 때문이다.

하지만 미래엔 다르다.

발달된 과학기술을 통해 경락과 기경팔맥 등 한의학에서 다루는 모든 것들을 이론으로 확립한다.

다시 말해 현재보다 훨씬 높은 차원의 과학기술이 기(氣)의 움직임 등을 증명하는 것이다.

이를 바탕으로 침과 뜸, 부항, 한약 등에 관한 설명을 해준다.

애니메이션인지라 다소 과장된 부분이 없지 않지만 교육적인 목적이라 승인되었던 것이다.

다음으로 임진왜란 당시 나라가 위기에 처하자 스스로 떨쳐 일어나 큰 공을 세웠던 곽재우, 고경명, 정문부, 김천일, 정인홍, 조헌, 이정암, 사명대사 같은 의병장 이야기도 있다.

물론 왜정시대 때의 김구, 안중근, 윤봉길, 신돌석, 유관순, 이인영, 안창호 등에 관한 것도 충분히 준비되어 있다.

자라나는 새싹들에게 올바른 역사관을 확실하게 심어주기 위해 심혈을 기울여 제작된 것들이다.

재미와 더불어 역사적 지식을 동시에 충족시키는 명작 시리즈로 평가되었던 것이다.

각각의 주제가도 상당한 인기를 끈 바 있다.

세월이 지나면 노래방 애창곡 목록에 올라가게 되니 모든 아이들의 흥미를 끌 것이다.

로보트 태권V, 은하철도 999, 숫돌이, 미래소년 코난, 메칸 더V, 아기공룡 둘리, 모래요정 바람돌이, 달려라 하니, 검정고무신 등의 주제가를 떠올리면 된다.

음악방송이나 쇼, 예능 프로그램은 10~20대를 겨냥한 것, 20~30대가 좋아할 것, 30~40대가 흥미를 느낄 것 등이 있다. 당연히 40~50대, 50~60대, 60~70대, 70~80대를 타깃으로 한 프로그램도 있는데 각각 3개 이상씩 제작된다.

같은 연령대라도 호불호가 다르므로 취향에 따라 선택할 기회를 제공하기 위함이다.

이는 시청자들에게 만족감을 주기 위한 노력이다.

다큐멘터리도 다르다.

예전엔 굶주린 사자를 찍으려면 온갖 안전장구를 갖춰야 했다. 그런데 Y-채널에서 방영될 것은 그러지 않는다.

이는 휴머노이드들이 촬영했거나 하는 것이다.

인간이 아니니 체취가 없고, 호흡도 하지 않는데 광학 스텔스 기능까지 작동시키니 짐승조차 경각심을 갖지 않는다.

하여 굶주린 사자 바로 곁에서 똑같은 속도로 이동하며 사냥하는 모습을 찍는다.

사자뿐만 아니라 호랑이나 코모도왕도마뱀 같은 맹수들의 24시를 적나라하게 구경할 수 있다.

지금껏 볼 수 없던 심해의 마귀상어나 고블린상어 등의 모습도 생생하게 감상할 수 있게 된다.

참고로, 고블린상어는 수심 1,300m 정도 되는 빛이 희미하게 들어오는 심해에 서식한다.

그리고 인간이 만든 잠수함은 이 깊이까지 잠수하지 못한다.

이밖에 투라치나 수심 300~2,000m에 서식하는 블랙드래곤피쉬 등의 생태 또한 볼 수 있게 된다.

도로시의 말처럼 Y-엔터 소속으로 이미 데뷔한 가수, 연기자, 개그맨 등은 이미 스케줄이 꽉 짜여 있다.

영화와 드라마, 쇼에 출연하는 한편 각종 예능 프로그램 등에서도 종횡무진 활약해야 한다.

하여 현수의 대국이 끝나면 바로 귀국해야 한다.

당분간, 그러니까 향후 2~3년까지 쉴 틈 없이 바쁘게 움직여야 할 정도로 많은 스케줄이 잡혀 있다.

일이 많은 대신 수입도 괜찮을 예정이다.

이것만으로도 특별한 사고를 치지 않는 한 인기가 급락하는 불상사가 없을 것이고, 먹고사는 데 지장 없을 정도는 될 것이다.

다만 다이안만은 한가하다. 이미지 소모를 줄이기 위해 각종 프로그램 출연을 가급적 자제시킨 때문이다.

먼저 공연 횟수부터 줄였다.

돈을 버는 것도 좋지만 여기저기서 부른다고 다 가면 몸도 피곤하고, 이미지 소모가 너무 크다.

다른 연예인들은 '메뚜기도 한철'이라는 속담에 따라 물 들어올 때 노를 저어야 한다.

인기가 영원하지 않기 때문이다. 연애 또는 결혼을 하거나, 나이가 들면 자연스레 인기가 떨어지게 된다.

그럼 당연히 출연은 물론 C.F(Commercial Film)로부터도 멀어진다.

시청자들의 관심으로부터 멀어지면 수입이 줄어든다. 하여 그전에 돈을 벌기 위해 밤낮을 가리지 않고 활동한다.

어떤 가수는 여기저기에서 부르는 행사를 뛰기 위해 1년 동안 지구 5바퀴에 해당하는 거리를 움직였다고 한다.

촉박한 시간과 교통체증 때문에 각종 과태료만 일곱 자리 숫자였다는 확인되지 않은 소문이 있다.

1년에 유류비만 2억 5,000만 원이 들었다고 하니 얼마나 힘들었을지 충분히 짐작된다.

잠도 제대로 못 잤을 것이고, 평범한 삶을 즐길 상황도 아니었으며, 어디 아플 사이도 없었을 것이다.

이런 와중에 수많은 행사를 치르느라 영양실조와 우울증으로 고생했다고 한다. 돈은 많이 벌었겠지만 본인 건강에는 좋지 않았다는 뜻이다.

여기까지는 일반적인 연예인에 해당되는 말이다.

다이안은 결코 평범하지 않다. 이전엔 없던 스타일의 연예인, 아니, 예술인으로 인정받고 있다.

62세까지 끊임없이 활동할 것이며, 그때까지 매 4개월마다 2곡의 신곡을 발표할 예정이다.

모두 빌보드 차트 1위를 휩쓸 불후의 명곡들이다.

이후로도 적어도 70세까지는 현역에 있을 것이다.

다음으로 80세까지는 원로가수로서 활동하고, 90세까지는 가끔 안부와 근황을 전하는 정도로 활동한다.

마이클 잭슨과 비틀즈, 엘비스 프레슬리, 퀸, 머라이어 캐리, 휘트니 휴스턴, 마돈나 등을 다 합쳐도 다이안이 이룰 성과에는 미치지 못할 것이다.

이전의 역사에서도 그랬기에 Y-엔터 조연 부사장에게 품격에 맞는 무대만 취사선택하라고 지시한 바 있다.

하여 예술의 전당, 세종문화회관, 경희대학교 평화의 전당 또는 그런 수준인 곳에서만 공연하고 있다.

그 결과 공연 횟수는 크게 줄었지만 수입은 오히려 늘었다. 희소성이 작용한 탓이다.

불가능한 일이지만 2022년쯤에 마이클 잭슨이 공연한다면 어떨까를 상상하면 된다.

아무튼 다이안은 입출국이 자유롭지 못해 외국으로부터 쇄도하는 출연 요청에 응하지 못하는 것이 아쉬울 뿐이다.

그런 다이안을 궁금해하는 외국인들이 많다.

하여 휴양을 하러 바하마에 따라오기는 했지만 여러 해외 언론들과의 인터뷰 등으로 매우 바쁘다.

'다이안은 어때?'

'현재 데프 잼 레코딩스와 미팅 중이에요.'

'아! 그래? 그나저나 올리버 캔델, 그 친구는 잘 있어?'

유니버설 뮤직의 힙합 레이블 아일랜드 데프 잼 레코딩스의 수석 매니저 올리버 캔델은 다이안을 발굴한 공로를 인정받아 부사장으로 승진했다.

그리고 다이안을 전담하게 되어 직접 날아온 것이다.

'잘 못 있어요.'

'왜? 무슨 일이라도 있어?'

'이혼 후 혼자 사는데 심부전증이 아주 심각해졌어요.'

모든 의료기록을 열람할 수 있기에 한 말이다.

'심부전증이 심해져?'

'네! 심부전증은 일반적으로 5년 생존율이 35% 정도 되고, 심장이식 수술을 받으면 75% 정도지요.'

'거꾸로 생각하면 5년 이내에 죽을 확률이 65%, 심장이식을 받아도 사망할 확률이 25%이지.'

'근데 그 확률에 변화가 생겼어요. 생존율이 10% 이하로 떨어졌고, 이식을 해도 사망할 확률 85% 수준이 되었어요.'

상당히 심각하다는 뜻이다.

'흐음! 그래?'

'정신적 스트레스와 많은 업무량, 그리고 운동 부족과 흡연, 음주 때문이에요. 삶에 대한 의지를 놓아버린 모양이에요. 제가 판단할 때 올리버의 여생은 길어야 석 달이에요.'

'3개월…? 흐음! 그럼 안 되는데.'

아예 모르는 사람이라면 그냥 넘어가겠지만 다이안의 오늘이 있는 것에 큰 공을 세운 인물이다.

'부르면 올 텐데. 그래 볼까요?'

'왜? 엘릭서를 주자고?'

대번에 도로시의 의도를 파악한 것이다.

'그럼 그냥 두실 건가요? 올리버는 대학 새내기 때 만난 아내 제시카에게 폐 끼치지 않으려고 비서랑 바람난 척해서 이혼한 사람이에요.'

'근데 그건 좋은 방법이 아니야. 사랑하는 이가 아파하는 걸 보는 것도 인생의 한 부분이니까.'

'물론 서로 감수해야 하는 거지만 올리버는 그렇게 생각하지 않아요. 제시카가 슬퍼하는 걸 못 보나 봐요.'

'그래, 그럴 수 있지. 근데 이혼 후엔 어떻게 지냈어?'

'이혼할 때 집과 전 재산을 줬고, 그 후엔 받은 월급 거의 전부를 제시카의 계좌로 송금하고 있어요.'

'거의 전부?'

'네! 꼭 쓸 돈만 빼고 몽땅 보내고 있어요.'

'헐…! 그럼, 숙식은?'

'잠은 사무실 야전침대에서 자고, 식사는 하루에 겨우 한 번 하는데 그나마 햄버거로 때우고 말아요.'

'병원 진료는?'

'최근엔 아예 안 가고 있어요. 가면 돈 드니까요.'

최대한 돈을 아껴 전처인 제시카에게 남기려는 의도인 모양이다. 요즘엔 보기 드문 바보라는 뜻이다.

'끄응! 미련한 사람이군.'

'거의 매일 술을 마시는데 담배를 한 갑씩이나 태워요. 운동이나 산책은 전혀 안 하고요.'

이 정도면 멀쩡한 사람도 건강이 나빠질 상황인지라 현수는 답답한 마음이 들었다.

'내일 아침에 이리 오라고 불러.'

'그렇지 않아도 면담 요청이 있었어요.'

'왜?'

'다이안의 차기 활동 때문인 거 같아요.'

'어휴! 어련히 알아서 할까. 아무튼 불러.'

'넹~!'

왠지 도로시의 대답에서 묘한 뉘앙스가 느껴진다.

이런 방향으로 유도했고, 끝내 제 뜻대로 되어 기분은 좋은 것 같았던 것이다.

뭐, 착한 사람에게 베푸는 것이니 아깝지 않다. 다만 마음에 걸리는 것은 진료를 맡았던 의료진들이다.

중증 심부전증이 별다른 수술 없이 완치되었다는 것을 알게 되면 보나마나 관심이 집중될 것이기 때문이다.

그런데 구더기 무섭다고 장을 안 담글 수 없지 않은가!

'입단속이 될까?'

죽음의 늪에 빠져 허우적거리는 사람을 건져내면 보나마나 다른 사람들에게 본인이 건재함을 알리려 할 것이다.

특히 제시카에겐 분명히 말할 것이다.

'방법을 찾아봐야겠군.'

'무슨 방법이요?'

'이거 엘릭서니까 마시면 심부전증 정도는 대번에 완치된다고 말을 할까?'

'그건…. 확실히 안 좋네요. 그럼 어쩌시려구요?

'그냥 내일 마시게 될 음료에 섞어서 줘.'

심부전증에서 해방되어도 그 이유를 알 수 없게 하자는 뜻이다. 생색낼 의도가 없으니 개의치 않는 것이다.

'알겠어요. 준비하도록 할게요.'

도로시와 대화를 마친 현수는 지윤과 더불어 호텔 주변을 천천히 산책했다. 이번 대국에 전 세계의 이목이 쏠려 있다.

바하마 입장에선 돈 한 푼 안 들이고 엄청난 광고를 하는 셈이다. 하여 한 달 전부터 쓸고 닦았다.

외국인의 눈에 조금이라도 흠 잡히지 않으려 안 보이는 곳까지 아주 꼼꼼하게 정리하고, 정돈한 모양이다.

그래서 그런지 눈에 거슬리는 것이 없어서 좋았다.
"여기 좋으네요."
"그래! 근데 우리 왕궁은 이보다 더 좋을 거야."
"…저는 어느 왕궁에 머물죠?"
"어느 왕궁이라니?"
"아프리카, 유럽, 그리고 아시아에 각각 하나씩 영토가 있게 되는 거잖아요."
"어디가 좋은데?"
"저야 서울이 좋죠."
나고 자란 곳이 가장 편하니 당연한 생각이다.
"흐음, 서울…?"
현수가 잠시 말끝을 흐리자 지윤은 미안한 표정을 짓는다.
'도로시! 지도 띄워봐.'
'넵!'
말 떨어지기 무섭게 전국지도 하나가 눈앞에 보인다. 평범한 지도이다.
'양평 중심, 위성 뷰로 해서.'
이번에도 말 떨어지기 무섭게 위성에서 찍은 남양주시의의 모습이 보인다.
'축소! 축소! 축소! 아니, 확대. 그리고 조금 좌측으로.'
'그래, 거기!'
원하는 배율대로 조정이 되었다.

'여기 공사 발주했지? 설명해 봐.'

'넵! 붉은 점선의 내부에는 약 50만 평 규모의 저택이, 아니, 궁전이 건립될 예정입니다. 현재 벌목 및 부지 평탄화 작업이 진행되고 있어요.'

'자연 훼손은 유의하는 거지?'

'그럼요. 사전에 식재되어 있는 수목들의 상태를 모두 살펴서 설계되었어요.'

'그래, 그 다음은?'

'토목공사와 골조공사, 그리고 조경공사 등 기본적인 것은 천지건설이 맡지만 이후의 인테리어 작업은 일꾼로봇들이 전담할 예정이에요. 보안 때문에요.'

개인의 주택도 방범창을 달고, CCTV를 설치하며, 캡스나 텔레캅 같은 보안회사와 계약을 한다.

하물며 궁전은 어떠하겠는가!

그런데 양평에 조성될 궁전은 개인의 주택이 아니다.

하여 천지건설에는 보여줄 수 없는 최첨단 감시 및 방어 장비들이 설치된다.

아울러, 각종 마법진 또한 그려진다.

감시 장비는 500㎞ 이내의 육상 및 해상, 그리고 공중 움직임을 실시간으로 파악한다. 동시에 100만 개의 목표물을 추적할 수 있는 첨단설비이다.

방어 장비는 100만 개의 목표물을 요격할 능력을 갖췄다.

바퀴벌레보다 못한 119

둘 다 21세기에선 꿈도 못 꿀 33세기 기술이다.

목표물의 크기와 속도 등이 순간적으로 계산하는데 무장한 침입자에겐 총알보다도 작고, 짧은 레이저 탄이 사용된다.

바퀴벌레만 한 사이즈까지 모조리 격멸시킬 수 있으니 드론을 이용한 공격도 모두 차단한다.

일종의 에너지탄인 이것은 동력이 끊이지 않는 한 무한정으로 발사된다.

Chapter 06
—
한국에서 살아

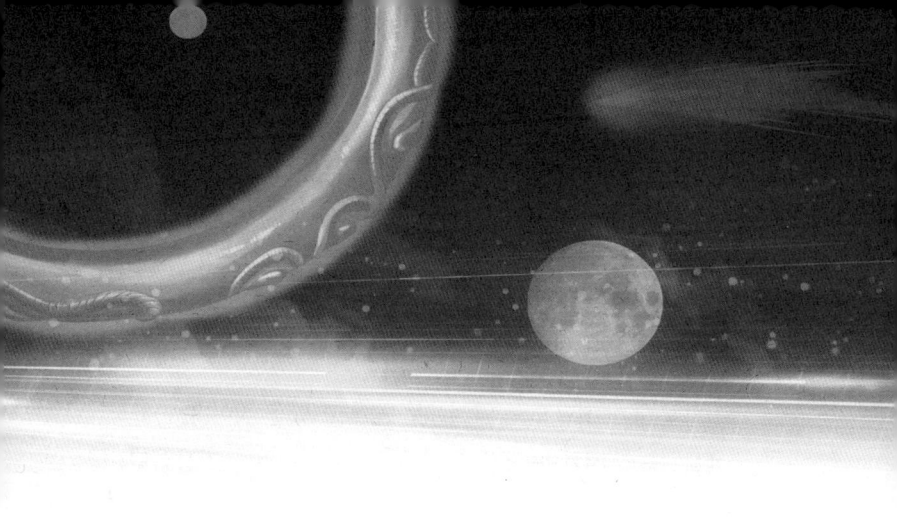

그런데 이런 불상사는 발생될 수 없다.

궁전 지하 깊숙한 곳에 여러 개의 핵융합발전설비가 설치되며, 각각 이중 삼중의 방호 시설로 보호되기 때문이다.

따라서 수천억 개의 레이저 탄이라도 발사 가능하다.

참고로, 진도 10인 지진에도 정상가동 된다.

전투기나 폭격기 또는 헬기 같은 비행체를 대상으로는 이보다 더 굵고 큰 레이저 탄이 사용된다.

광속에 가까운 속도로 쏘아져 가고, 비행체의 연료탱크를 조준하므로 비상사출 레버를 당기기도 전에 폭파된다.

탄도미사일인 경우엔 이보다 더 크고, 굵은 것이 쏘아져 간다. 참고로, 광속은 마하 88만 2,353 정도이다.

종말속도가 가장 빠른 ICBM이 마하 20~25 정도이니 현존 무기로는 궁전에 해를 가할 수 없다.

다시 말해 미사일 등으로는 흠집조차 낼 수 없는 완벽한 철옹성인 것이다.

전차부대가 집단으로 달려드는 경우도 있을 것이다.

예를 들어, 전차와 장갑차 자주포 등을 동원한 기갑군단이 일시에 공격에 나설 경우엔 위성에서 직접 요격한다.

일단 레일건 등으로 모든 기갑장비를 파괴한 후 전투로봇이 파견되어 단 하나도 남기지 않고 몽땅 섬멸한다.

미국, 유럽, 러시아 등이 보유한 모든 기갑부대가 동시에 달려들어도 사정은 다르지 않다.

도저히 감당할 수 없음을 깨닫고 무기를 버리고 두 손을 번쩍 든다 하여 포로가 되는 것은 아니다.

이실리프 왕국은 '포로에 관한 협약'에 사인한 바 없다. 하여 일단 적으로 간주하면 무조건 사살이다.

피해를 입히려 달려든 것들을 어찌 살려두겠는가!

혹시라도 이실리프 왕국을 적대하는 것들에게 보여주기 위해서라도 100% 섬멸한다.

건드리면 어떻게 되는지 확실하게 보여주는 것이다.

군사장비와 무기 이외에도 궁전을 보호하는 것은 또 있다.

바로 앱솔루트 배리어 마법진이다.

유사시 이 마법진이 가동되면 궁전 전역에 방어막이 형성된다. 대규모 배리어가 형성되는 것이다.

현수에 의해 개량되고 또 개량된 세 겹의 배리어는 물리적인 접근뿐만 아니라 초자연적 또는 마법적인 접근 또한 완벽히 차단한다.

아울러 전자기파 에너지를 짧은 시간에 고강도로 가하는 기술인 EMP 공격 또한 확실하게 막아낸다.

바로 바깥에서 핵폭탄이 터져도 까딱없다.

예를 들어, 미국의 B83 핵폭탄은 TNT 1.2메가톤으로 히로시마에 투하된 원자폭탄의 80배 위력을 가졌다. 수류탄으로 따지면 약 60억 개가 동시에 터지는 것과 같다.

탄도미사일에 장착하지 않는 재래식 폭탄 형태로 사용되는데 인구밀집 지역에서 폭발하면 1,000만 명 이상 희생될 것으로 예상된다.

이런 B83 1,000개가 동시에 동원되어도 궁전에는 손톱만큼의 해도 가할 수 없다.

그 이유는 다음과 같다.

현수의 위성들은 전 세계의 모든 전파 및 음파 등을 감시하고 있다. 따라서 사전에 공격 징후를 파악하게 된다.

그리하여 공격 명령이 떨어지면 곧바로 B83을 보관하고 있는 기지 자체가 증발된다.

대행성 무기인 광자포나 마나포에 의해 작살나는 것이다.

동시에 공격명령을 내렸던 자가 있던 건물도 사라진다.

상대가 누구든 못된 생각을 했으니 제거하는 것이다.

운 좋게 비행체에 실려서 이륙해도 곧바로 요격된다.

예를 들어서 이런 것이지 실제로는 B83을 그냥 놔둬도 별다른 해를 끼칠 수 없다.

현수의 명령에 따라 전 세계의 모든 핵물질을 무력화하는 작업이 이미 진행되었기 때문이다.

현재에도 어디선가 핵탄두를 만들면 곧바로 휴머노이드가 파견되어 이를 무력화시키고 있다.

원자력 발전소에서 사용하기 위한 핵연료만 제외되었다.

멀린늄으로 만든 디신터봇에 의해 핵물질이 원자번호 146번인 하인스늄으로 바뀐 상태이다.

이것은 자연 상태로는 존재하지 않는데 매우 안정적이라 폭발하지 않는다.

따라서 투발된 B83은 단순한 금속덩어리일 뿐이다.

조금 높은 곳에서 떨어지니 콘크리트 정도가 부서지는 정도로 끝나게 될 것이다. 하지만 그럴 확률조차 없다.

'저택 배치도 띄워봐. 그래, 조금 확대, 조금 더!'

천지건설로부터 매입한 땅과 추가로 매입한 것의 경계 부위가 붉은 쇄선으로 점멸하고 있다.

양평에 조성될 궁전은 50만 평 규모이다. 좌측 25만 평은 유기견, 우측 25만 평은 유기묘들을 위한 공간이다.

뒤쪽 50만 평은 고양이와 개를 제외한 여러 동물들을 보살피는 보호시설이고, 중앙엔 대형 동물병원과 미용시설이 배치되어 있다.

도로시는 이를 Y-Animal Welfare라 명명했는데 동물복지를 위한 시설이면서 동시에 궁전을 보호하는 완충지대이다.

아무튼 이를 포함한 궁의 총면적은 150만 평이다. 동물 보호시설이 있지만 털 날리고, 배설물이 난무하지 않는다.

그리고 수의사와 보조 인력들에 의해 일반가정에서 보살피는 것보다 더 알뜰살뜰하게 보살펴진다.

그리고 배설물이나 사료 등으로 인한 냄새도 나지 않는다. 공기정화시설과 정화마법진에 의해 완전 분해되기 때문이다.

어쨌든 누런 진흙탕 속에 매몰되어 있는 자금성의 면적이 약 21만 8,000평이다.

양평궁전은 이보다 7배 정도 더 넓은 셈이다. 그리고 각종 건물의 규모와 배치의 짜임새가 월등하다.

연못과 정원, 산책로 등도 멋지게 배치되어 있다.

도로시가 보여주는 지도에는 각각에 대한 정보와 더불어 궁전 전체의 개요도 기록되어 있다.

어디에, 어떤 용도의 것이, 어느 정도의 규모인지 확실하게 파악할 수 있을 정도이다.

'흐음, 이 정도면 괜찮은 거 아닌가?'

'에고, 물론이에요. 150만 평이면 엄청 넓은 거죠. 그리고

주변 땅들도 매입하고 있어서 언제든 확장 가능해요.'

'그래그래! 알았어. 착실히 진행되도록 살펴봐.'

'넵!'

도로시와 짧은 대화를 마친 현수는 지연의 어깨를 당겨 안았다.

"천지건설이 소유하고 있던 양평 땅 매입한 거 알지?"

"그럼요."

"지금 거기에 저택을 짓고 있어."

"저택이요? 거기 면적이 22만 평이나 되잖아요."

"그랬지. 그리고 나서 그 주변의 땅을 더 샀어."

"어, 얼마나요?"

22만 평도 어마어마하게 넓다는 느낌인데 그보다 더하다니 살짝 말을 더듬는다.

"일단은 50만 평 규모야."

"네에? 어, 얼마요?"

"50만 평!"

"네에…?"

현수는 왜 이 정도로 놀라느냐는 표정이었고, 지윤은 눈을 크게 뜨며 거짓말 아니냐는 표정을 짓는다.

이 모습이 몹시 사랑스러우면서도 귀여웠다. 하여 보듬고 있는 팔에 힘을 주어 조금 더 세게 안았다.

"궁전처럼 지을 거야. 여러 편이시설도 추가될 거구. 그리고 거길 지윤궁이라고 명명할 생각이야."

"……!"

본인의 이름을 딴 궁전이 무엇을 뜻하겠는가!

한국에서 살게 될 것이라는 의미이다.

어마어마한 가치를 지닌 보석과 향수 등을 받았는데 이번엔 50만 평짜리 궁전을 준다는 느낌이다. 이에 지윤은 잠시 가슴이 먹먹해졌다. 가슴 벅찬 감동을 받은 것이다.

"아아! 사랑해요. 사랑해요."

몸을 돌려 현수의 품으로 와락 안겨들며 한 말이다.

"나도…!"

현수 역시 힘주어 지윤의 교구를 안았다. 입술을 부딪치지는 않았지만 영혼이 교류하는 느낌이었을 것이다.

잠시 후 비가 내리기 시작했다. 제법 빗줄기가 굵어 산책을 마칠 수밖에 없었다.

흠뻑 젖은 지윤은 샤워하겠다며 욕실로 들어갔고, 현수는 창가에 앉아 바깥 풍경을 물끄러미 바라보았다.

이때 도로시의 보고가 있었다.

'폐하! 올리버 캔델이 알현을 청하였어요.'

'응? 내일 아침에 오라고 하지 않았어?'

'네! 근데 늦게라도 뵙고 싶다고 해서 그냥 오라고 했어요. 어차피 뼈와 살이 타는 밤을 보낼 생각 없으시잖아요.'

지윤과의 합방을 의미하는 말이다.

'뭐, 그래! 마침 잘되었네. 오라고 해.'
'네! 엘릭서 준비시킬게요.'
'몇 %짜리야?'
'10%짜리인 E—G면 충분해요.'
1~2기 암을 완치시킬 정도의 효능이 있는 것이다.
'그냥 E—B를 준비해.'
'에? 그건 조금 과한데요?'
'올리버 캔델이 멀쩡해야 다이안의 활동에 지장이 없어.'

언젠가는 현수의 휴먼하트와 지자기가 조화를 이루게 될 것이다. 그렇게 되어 아공간을 열 수 있으면 그 안에 담긴 엘릭서를 얼마든지 꺼내서 쓸 수 있다.

이뿐만이 아니다. 다시 마법을 구현시킬 수 있게 되면 훨씬 더 많은 양의 엘릭서를 제조할 수 있게 된다.

원료가 되는 각종 약재들 또한 아공간에 쌓여 있기 때문이다. 따라서 조금 과용(過用)해도 상관없다.

일반적인 의약품은 오용 또는 남용하면 문제가 발생될 수 있다. 그래서 예전엔 약국마다 이런 포스터가 붙어 있었다.

약 좋다고 남용 말고, 약 모르고 오용 말자!

제아무리 뛰어난 효능을 가진 약이라도 잘못 쓰면 그 이상의 위험이 발생할 수 있음을 경고하는 문구이다.

하지만 엘릭서는 다르다.

농도가 짙을수록 강력한 효과를 내는 것은 맞지만 그로 인한 부작용은 없다.

그리고 한꺼번에 많은 양을 복용한다 하더라도 이미 좋아진 것을 더 좋아지게 하지는 않는다.

다시 말해 아무런 부작용도 없는 신약(神藥)이다.

올리버 캔델이 25%짜리를 복용하면 심각했던 심부전증이 완치될 뿐만 아니라 다른 것까지도 고친다.

저혈압이나 고혈압, 당뇨, 고지혈증, 무좀, 탈모, 발기부전 등이 있었다면 이것까지 치료된다.

심신이 편해지면 다이안을 더 세심히 보살피게 된다. 그를 바라고 선제적으로 행운을 베풀려고 하는 것이다.

'네! 알겠어요. 준비시킬게요.'

김지윤은 샤워를 하고 나오자마자 침실로 가자고 할 것이 뻔하다. 어떻게든 동침하려는 마음이 느껴진 것이다.

이를 어찌 거절하나 싶었는데 마침 올리버가 온다니 마음이 놓인다. 아주 좋은 핑계가 되기 때문이다.

띵~똥!

잠시 후 초인종이 울렸고 올리버 캔델이 들어선다. 현수와 시선이 마주쳤고, 짐짓 환한 웃음을 짓는다.

부사장으로 진급하게 한 은인이기 때문이다.

"우와! 오랜만입니다, 대표님! 아니, 국왕 전하라고 말씀드려야 하나요?"

올리버는 진심으로 고민하는 표정이다.

하인스 킴이 콩고민주공화국과 우크라이나, 벨라루스, 러시아 접경지대에 엄청난 면적의 조차지를 얻었고, 조만간 왕국 선포를 한다는 건 이미 공공연한 일이 되었다.

이번 대국에 앞서 아주 대대적으로 보도되었기 때문이다.

그렇기에 대국하러 가는 길에 마주치는 모든 사람들이 스스로 알아서 조심하곤 했던 것이다.

"아직 즉위한 게 아니니 그냥 전처럼 대해주면 좋겠군요. 그리고 참 오랜만에 얼굴을 보네요. 반갑습니다."

힘찬 악수를 하고 자리에 앉았다.

"하하! 네에. 그렇게 하죠. 그나저나 오늘 대국 잘 보았습니다. 정말 대단하십니다."

진실로 경탄하는 모양이다.

"대단은요. 간신히 이겼습니다."

"에고, 아닙니다. 아니에요. 해설자들이 말하길 바둑의 신이시랍니다. 작곡도 잘하시는데, 악기도 잘 다루시고, 수학도요. 너무 다재다능하신 거 아닙니까?"

"에고, 이거 칭찬인 거 맞죠?"

"하하! 물론입니다. 당연히 칭찬 맞습니다."

올리버는 환히 웃으며 크게 고개를 끄덕인다.

"그나저나 음료 뭐로 할래요?"

"음료요? 목이 마르긴 한데 뭐, 아무거나 괜찮습니다."

"그래요. 그럼 내가 이번에 어렵게 구한 걸 마셔 봐요."

말을 마친 현수가 신일호에게 음료를 주문하는 손짓을 하자 고개를 끄덕이곤 물러간다.

"그나저나 뭐 급한 일 있어요? 내일 아침에 와도 되는데 굳이 이 밤에…."

"아! 피곤하실 텐데 늦은 시각에 찾아온 것 죄송합니다."

"그건 괜찮아요."

"감사합니다. 조금 전에 다이안 멤버들을 만났는데 그 자리에서 결정된 사항이 있어서 그걸 의논하려고 왔습니다."

"다 알아서 잘하시는데 뭘 저에게까지…."

다이안의 스케줄은 현수의 손을 떠난 지 오래이다.

한참 동안 외국에만 머물러 있었던 때문이기도 하지만 지금은 일일이 간섭할 시기도 아니다.

신곡 악보와 가이드녹음을 보내주면 알아서 다 한다.

멤버 모두 재능이 뛰어나며, Y-엔터 스텝들의 실력이 좋아 시너지 효과를 내는 때문이다.

물론 원본 자체가 상당히 고품질이기 때문이기도 하다.

"잘 아시겠지만 한국은 현재 입출국이 완전히 금지된 국가입니다."

"네, 에이프릴 증후군 때문에 그러죠."

"그래서 다이안의 공연을 기다리는 외국 팬들이 몹시 애달

파합니다."

"아마도 그렇겠죠?"

순순히 고개를 끄덕여 동의를 표했다.

"그래서 여기까지 온 김에 공연해 보는 건 어떻겠느냐고 다이안 멤버들에게 제안을 했습니다."

"에? 여기서 공연을 해요?"

"대표님 덕분에 세계의 이목이 집결해 있잖아요."

"뭐 그렇긴 하죠."

맞는 말이기에 고개를 끄덕여주었다.

"그러니 여기서 공연을 하면 그 많은 카메라들이 중계하지 않겠습니까?"

명성을 전 세계적으로 업그레이드할 기회라는 뜻이다.

"그렇긴 하겠네요."

"사실 이런 기회는 만들려고 해도 만들 수 없습니다."

"그래요. 근데 발표된 곡 수가 적은데 괜찮을까요?"

"그래서 조연 부사장님과 상의를 했죠. Y-엔터에 곧 데뷔할 걸그룹이 있다고 하더군요."

"플로렌이라고 5인조 그룹이죠. 실력 있어요."

"네! 들었습니다. 데뷔곡 제목이 라틴어로 LUX라면서요?"

"빛이라는 뜻이죠. 세상에 빛을 뿌리는 스타가 되라는 염원에서 붙인 곡명입니다."

"네! 가사도 아주 좋더군요."

당장 어떤 어려움에 처해 있더라도 희망을 갖고 꿋꿋이 참고 견디라는 내용이다.

그럼 언젠가는 구름 뒤에 숨어 있던 태양이 드러나듯 환한 빛을 볼 수 있다는 의미를 가졌다.

다분히 비유적인 가사인데 확실히 깨달은 모양이다.

"이 곡도 대표님이 주셨다고 들었습니다."

도로시가 준 게 현수가 준 것이니 틀린 말은 아니다. 하여 고개를 끄덕여 주었다.

"네! 맞아요."

"물어봤더니 연습은 충분히 되어 있다고…. 여기서 플로렌의 데뷔 무대를 가지는 것도 괜찮을 것이라고 하더군요."

조연 부사장이 욕심을 낸 모양이다.

하긴 전 세계를 상대로 데뷔 무대를 갖는 걸그룹이 얼마나 있겠는가!

게다가 다이안과 같은 무대에 서는 일이다.

이것만으로도 충분히 시너지 효과(Synergy effect)를 기대할 수 있다. 따라서 성사만 되면 플로렌의 명성은 데뷔와 동시에 Top급으로 치솟을 것이다.

감미로운 멜로디와 뛰어난 가창력, 그리고 화려한 퍼포먼스와 매혹적인 외모 등이 든든한 뒷받침이 되니 충분히 가능하고도 남을 일이다.

그렇기에 흔쾌히 올리버의 말에 동의했다. 플로렌의 가능성을 누구보다도 잘 알기 때문에 자신 있었던 것이다.

"근데 무대가 짧겠네요."

다이안은 발표한 곡이 얼마 되지 않는다.

그렇다고 같은 곡을 반복할 수도 없고, 플로렌은 LUX 이외엔 아직 준비가 안 되어 있다.

모처럼의 공연인데 30분만 하고 끝내는 것은 너무나 아쉽다. 이를 지적한 것이다.

"네! 그게 문제입니다. 전 세계 거의 모든 방송사에서 실황중계를 하거나 녹화중계를 할 텐데 다이안과 플로렌의 레퍼토리가 너무 적어서요."

"Y-엔터에 다른 가수들도 여럿 있어요."

"그렇다고 하더군요. 근데 조연 부사장님께서 고개를 흔드셨어요. 레벨 차이가 있어서 다이안의 명성에 누가 될 거라고 하더라구요."

컬래버레이션을 하더라도 서로 비슷하던지 해야 한다.

둘 사이에 너무 많은 차이가 나면 다이안의 명성에 흠집이 생길 수 있고, 같이 공연한 그룹이나 가수는 낭패감 내지 패배감에 젖을 수도 있다.

시너지 효과가 아니라 이의 반대인 역(逆)시너지 또는 링겔만 효과(Ringelmann effect)가 날 수 있는 것이다.

회사 입장에서는 다이안뿐만 아니라 다른 아티스트들도 중요하다. 그렇기에 좋은 기회지만 고개를 흔든 것이다.

너무도 먹음직스럽지만, 그냥 줘도 못 먹는 억울한 상황이라 아쉽지만 어쩌겠는가!

이런 걸 보면 조연 부사장에게 경영을 맡긴 것은 잘한 일이다. 하여 앞으로도 계속 맡기는 것이 좋겠다고 생각했다.

"그럼 어쩌죠? 여기 혹시 다른 연예인은 없나요?"

Y-엔터와 관련 없는 외국의 가수를 뜻하는 말이다.

"아쉽게도 없습니다. 여긴 지금 되게 복작대는 곳입니다. 그리고 카메라가 얼마나 많은데 여길 오겠습니까?"

한국과 달리 미국과 유럽의 유명 인사나 연예인들은 파파라치 때문에 질색하곤 한다.

개인의 사생활 따위는 완전히 무시하고 어떻게든 특종이 될 만한 자극적인 사진이나 영상을 찍어가기 때문이다.

그런데 여긴 수백, 아니, 수천 개의 카메라가 집결해 있다. 그리고 전부 전문가들의 손에 쥐어져 있다.

하여 제아무리 뛰어난 휴양지라고 해도 오고 싶은 마음이 들지 않았을 것이다.

"허어! 그거 문제네요."

"그죠? 근데 그 문제를 해결할 수 있는 묘수가 있습니다."

올리버가 현수에게 시선을 마주치던 바로 이 순간 신일호가 두 개의 컵을 가져왔다.

하나는 평범한 음료수가 담긴 것이고, 다른 하나는 원액 농도 25%인 엘릭서 E-G이다.

"아! 고맙습니다."

본인 앞에 컵을 내려놓자 올리버는 얼른 고개를 숙여 예를 갖추고는 잔을 반쯤 비운다. 살짝 목이 말랐던 모양이다.

그러곤 다시 현수에게 시선을 준다.

방금 뭘 마셨는지 전혀 자각하지 못하는 표정이다.

심신을 쾌적케 하는 향기가 났다는 것과 속이 시원했다는 느낌이 들었을 텐데 반응이 없는 것이다.

현수의 표정에 집중해서 그러하다.

"묘수요?"

"네! 있습니다. 그래서 대표님을 찾아뵈러 온 겁니다."

"뭐죠?"

"대표님께서 도와주셔야 하는데 가능하겠습니까?"

"내 도움이요? 뭐 도울 수만 있다면 기꺼이 그래야죠. 다이안을 위한 일이니까요."

실제로도 이런 마음이다.

"오! 정말 다행입니다."

올리버의 표정이 환해진다.

"다행은요. 당연하잖아요. Y-엔터도 제 소유니까요. 다이안은 제가 데뷔시켰구요."

본인이 본인의 회사를 위해 돕겠다는데 이건 대체 뭔가 싶은 표정이다.

"그렇죠! 그렇죠. 그래서 다행이라는 겁니다."

"좋아요! 대체 그 묘수라는 게 뭐죠?"
"그건…."
올리버가 잠시 뜸을 들인다.
"대체 얼마나 어려운 일이기에 이래요? 말씀하세요. 기꺼이 돕는다니까요."
"정말이죠?"
"네! 돈 많이 들어도 돼요. 아시잖아요, 내가 부자라는 거."
"알겠습니다. 그럼 말씀드립니다. 제가 생각해 낸 묘수란 건 다름 아니라 대표님도 공연하시는 겁니다."
"네…? 뭘 해요? 내가요?"
"유투브로 대표님께서 첼로와 바이올린을 연주하는 걸 봤습니다. 마에스트로급이더군요."
"그럼 나더러…? 악기 연주를 하라는…?"
"네! 그리고 노래도 엄청 잘하시는 걸로 알고 있습니다."
"노래도…? 아이고, 그건 못합니다."
"왜죠? 대표님이 부른 노래 들어봤습니다. 베이스부터 시작해서 바리톤, 알토, 테너뿐만 아니라 소프라노 영역까지 모두 소화하실 수 있는 거 압니다. 가창력도 대단하더군요."
"저, 조만간 국왕이 됩니다."
한 나라의 절대군주인 국왕이 대중들 앞에서 노래하는 걸 보여주고 싶겠느냐는 뜻이다.

공연장에서 노래를 부르면 기록으로 남는다. 잘하든 못하든 체통 문제가 될 수 있음을 지적한 것이다.

"아! 그건…. 제 생각이 짧았습니다. 죄송합니다."

"아닙니다. 다이안과 플로렌을 위한 마음 충분히 짐작합니다. 그래서 말인데…."

현수는 잠시 생각에 잠겼다. 하지만 그 시간은 짧았다.

"좋습니다. 몇 곡 연주하죠."

"오! 그래 주시겠습니까?"

듣던 중 반가운 소리라는 표정이다.

"다만 곡과 악기 선택은 내게 일임해야 합니다."

"아이고, 물론입니다. 해주시는 것만으로도 감지덕지지요."

말을 마친 올리버는 반쯤 남아 있던 엘릭서를 마저 비워 버렸다. 조금 전엔 갈증 때문에 마셨고, 이번엔 원하는 바를 이루어낸 통쾌한 기분에 마신 것이다.

"근데 공연은 언제 하기로 한 거죠?"

"대표님께서 9국을 마치고 나면 사흘간 쉬는 때가 어떨까 싶습니다. 각국의 카메라들도 찍을 게 별로 없을 때니까요."

현수보다 일찍 도착해서 자리를 확보한 방송사들은 이미 바하마의 이모저모를 찍어서 송출했다.

그리 크지도 않고, 주요 문화재 등이 있는 것도 아닌지라 더 이상 찍을 게 없다. 하여 사흘간의 휴식이 있을 때 촬영팀도 그냥 쉬어야 한다.

마음 편히 쉬는 사람들은 좋을지 몰라도 그들을 파견한 방송사는 속앓이를 할 것이다.

바하마는 현재 세계에서 가장 인구밀도가 높다.

수많은 보도팀들이 들어와 있는데 숙박할 곳은 한정되어 있다. 이러면 어떻게 되겠는가!

바캉스 시즌의 바닷가 숙박시설을 연상하면 된다. 한국만 바가지요금이 있는 것이 아니라는 뜻이다.

하여 별 볼 일 없는 낡은 호텔의 숙박비가 웬만한 5성급 호텔의 투숙비를 능가한다.

바하마 입장에선 모처럼의 특수에 톡톡한 수입을 올리는 중이다. 현수에게 큰절이라도 올려야 한다.

어쨌거나 방송사 입장에선 가장 중요할 수도 있는 10국이 남아 있으니 촬영팀 철수를 명령할 수 없다.

그랬다가 이변이 일어나는 등 사건이 발생하면 땅을 치고 후회하게 될 것이기 때문이다. 하여 울며 겨자 먹는 심정으로 사흘 치 숙박비 및 체재비를 부담해야 한다.

Chapter 07
—
화나게 하지 마라

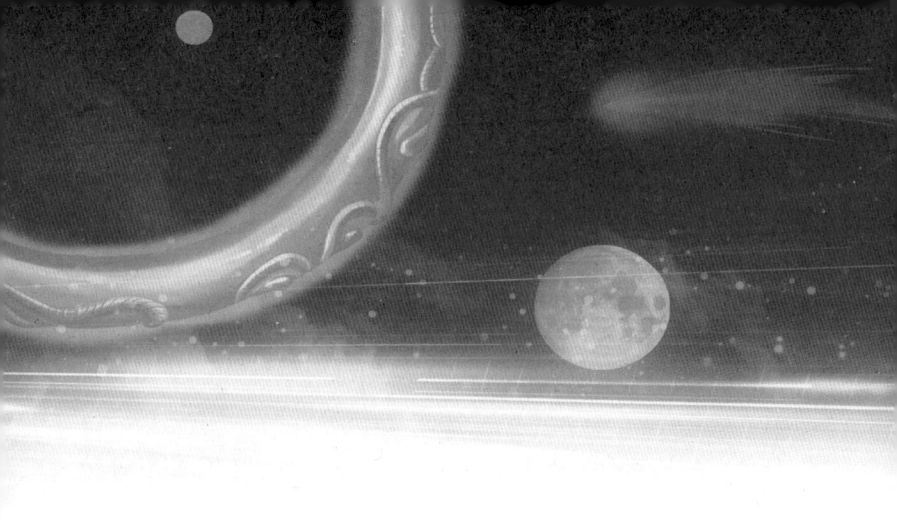

　현수 일행은 호텔 또는 저택에 머물 텐데 두 곳 모두 삼엄하다 해도 과언이 아닐 경호가 펼쳐진다.

　세계 최고의 부자를 상대로 파파라치 짓을 했다가 걸리면 뒷감당해야 할 일이 괜스레 두려워진다.

　한두 푼 손해배상으로 끝나는 게 아니라 아예 직업을 잃을 수도 있다. 미국과 유럽 등은 자본주의 국가이다. 다시 말해 돈의 힘이 무지막지한 곳이다.

　현수가 소속사를 매입한 후 해고하면 꼼짝없이 당해야 하고, 이후의 취직 방해도 가능하다.

　자칫 모든 커리어가 한순간에 날아갈 수 있는 것이다. 하여 몰래 촬영할 생각을 품는 팀조차 없다.

출발하기 전 고용주들이 경고의 메시지를 전한 바 있다.

절대로 하인스 킴의 심기를 거스르지 마라.
아울러 그 일행도 웬만하면 모른 척해라.

언론사 자체가 세계 최고의 부자에게 경외감을 느끼고 있음을 감추지 않은 것이다.

괜스레 잘못 보였다가 영영 접근금지를 통보받으면 상당한 손해가 됨을 경험상 알고 있는 것이다.

현수가 등장하기 이전의 부자들에 관한 기사가 얼마나 있었는지를 살펴보면 이해가 된다.

미국의 록펠러, 유럽의 로스차일드 등에 관한 기사는 별로 없다. 공식적인 행사에 관한 것은 뉴스로 다뤄지지만 사생활이나 인물 중심인 보도는 거의 없다.

이는 현재에도 마찬가지이다.

하인스 킴은 이들보다 훨씬 더 부자일 뿐만 아니라 조만간 국왕으로 즉위할 사람이다.

국가의 형태가 어떻게 될지 설왕설래하겠지만 분명한 것이 있다. 국왕의 의전(儀典)이 매우 중요하다는 것이다.

국가를 선포했으니 영토방위를 위한 군대가 만들어질 것이다. 일반적인 부대도 있겠지만 분명 특수부대도 창설된다.

특전사, UDT, 특임대, 공정통제사 같은 것이다.

아울러 정보국도 만들어질 것이고, 국왕을 위한 친위대나 경호대가 창립될 것은 불 보듯 뻔한 일이다.

괜스레 불쾌하게 만들었다가 자칫 암살 대상이 될 수도 있다. 돈 몇 푼에 목숨 걸고 싶은 사람은 없을 것이다.

하여 허락 없이 사진 찍으려는 시도는 없다.

아까 지윤과 팔짱을 끼고 산책을 할 때 신일호가 물었다.

"대표님! 워싱턴포스터와 BBC에서 두 분의 산책하는 모습을 사진과 영상으로 담고 싶다는 요청이 있었습니다."

"…거기 두 곳만?"

"아닙니다. 타스통신과 르몽드, 그리고 디 벨트 등 89개국 언론사에서 촬영 요청을 했습니다."

곧 국왕과 왕비가 될 사람의 산책이니 사진이나 영상으로 담아두고 싶었던 모양이다.

"뭐, 하고 싶은 대로 하라고 해."

"네! 알겠습니다."

신일호가 물러간 이후 더 많은 카메라들이 현수와 지윤을 담았다. 물론 상당한 거리를 둬서 산책을 방해하진 않았다.

그러다 어깨를 보듬어 안는 모습을 보였고, 지윤이 와락 안겨드는 장면도 찍혔다.

다들 특종이라도 잡은 듯 웅성거렸다. 곧이어 뜨거운 키스가 있을 것이라 예상했겠지만 그 이상은 없었다.

그러곤 룸으로 되돌아온 것이다.

그러자 촬영팀들은 최소인원만 남겨놓고 전부 떠났다. 방송 등에 영상이나 사진을 송출하러 간 것이다.

1962년에 개봉된 영화가 있다.

분열된 아랍을 배경으로 한 '아라비아의 로렌스(Lawrence of Arabia)'라는 것이다.

이를 오마주하여 다음과 같은 제호를 붙인다.

세기의 로맨스!
세계 최고의 부자와 절세미녀의 한때.
너무도 다정한 한 쌍의 행복한 모습.
꿀 떨어지는 시선 속에 싹트는 애정.

역사 속엔 많은 로맨스가 있었다.

그레이스 켈리와 레니에 3세, 슈베르트와 테레즈, 존 F. 케네디와 재클린, 간디와 카스투르바, 헨리 8세와 앤 블리, 나폴레옹과 조세핀, 처칠과 클레멘타인 등이다.

현수와 지윤의 결합도 이에 못지않은 비중으로 다뤄질 것인지라 기창한 제호를 붙인 것이다.

사실 앞에 언급된 사내들 중 현수만 한 인물은 없다. 국왕이라서가 아니다.

인간을 초월한 슈퍼마스터이며, 12서클 이상인 절대 마법사이고, 이미 반신의 경지에 올라 있다.

아울러 인간 가운데 가장 오래 산 인물이다.

성경에 등장하는 인물 중 가장 오래 산 사람은 바로 므두셀라(Methuselah)이다. 그의 수명은 969세였다. 구약성경의 창세기 5장 21절에서 27절에 등장하는 인물이다.

그런데 현수는 이미 2,962년째 살고 있다.

훗날 깨우침을 얻어 신(神)이 되면 수명이 무한으로 늘어날 것이고, 그렇지 않더라도 보장된 것만 2,038년이다.

수명이 5,000살로 정해져 있는 것이다. 이 정도면 므두셀라는 명함조차 내밀지 못할 상황이다.

현수와 지윤의 관계는 반신과 흠결 없는 순결한 여인의 연애이다. 따라서 세기의 로맨스라는 표현이 그리 과장된 것만은 아니다.

어쨌거나 올리버와 대화하는 동안 둘의 산책하는 모습이 사진과 영상으로 온 세상에 번져가고 있었다.

남성과 여성 모두 부럽다는 의견 일색이다. 남성들은 지윤의 미모에 넋이 나갔고, 여성들은 괜스레 질투한다.

― 엘, 엘프가 나타났다.
― 내 눈엔 여신으로 보여. 아프로디테 알지?
― 전생에 무엇을 했기에 저런 미녀를…!
― 저 형님, 나라를 열 번쯤 구했나 보다. 아니, 백 번!

화나게 하지 마라 149

― 몹시 부럽습니다. 하인스 형님!
― 세계 최고의 부자랑 연애하는 기분은 어떨까?
― 저 옆에 내가 서 있어야 하는데.
― 씽! 부러워 미치겠엉.
― 내 남친은 완전 썩은 오징어야.
― 내 남편은 찌그러진 꼴뚜기. 갖다 버릴까?

"뭐, 그 정도면 연습 좀 하면 할 수 있겠네요."
"그럼, 26일과 27일 양일간 하는 걸로 계획 잡겠습니다."
"이틀이나요?"
"그래야, 다이안과 플로렌이 확실히 각인되지 않을까요?"
이건 거절할 수가 없다. 어느새 두 그룹이 아킬레스의 건이 된 느낌이다.
말없이 고개를 끄덕일 때 올리버의 말이 이어진다.
"처음엔 사흘간 하는 걸로 이야기했는데 10국이 있어서 하루 정도는 쉬어야 한다고 하더라고요."
"누가 그랬나요?"
"다이안의 리더 서연 씨가 그러더라구요."
"……!"
"대표님을 생각하는 마음이 참 깊다는 느낌이었습니다."
"서연이가요?"
"아! 나머지 멤버들도 모두 그렇습니다."

"……!"

"대표님에 대한 관심도 많고, 함께 있으면 늘 행복하다고 그러더라구요. 근데 요즘은 바빠서서 그런 시간이 너무 없다고 투덜대기도 했습니다."

"아, 네에."

올리버 캔델은 30분쯤 더 앉아 있다가 갔다. 어쩌면 오늘 밤 괴변을 겪을지도 모른다.

10%면 충분한데 25%짜리를 줬다.

10%만으로도 심부전증을 말끔히 해소시키고, 호르몬 분비랄지 여러 불균형을 잡아내게 될 것이다.

추가된 15%가 어떤 효능을 보일지 감이 잡히지 않는다. 랜덤으로 효과가 발생하기 때문이다.

폭우가 쏟아지면 이내 시냇물이 범람하게 되는데 이때 어느 방향으로 새 물길을 만들고, 얼마만큼 흘러갈지는 현대 과학으로는 계산 불가능하다.

엘릭서의 남는 효능이 그러하다.

올리버 캔델에게 변강쇠에 버금갈 정력이 생길 수도 있고, 체내 노폐물을 모두 배출시켜 지독한 악취를 풍기게 할 수도 있다. 두 가지 현상 모두가 빚어질 수도 있다.

일단 당해봐야 알 일이다.

본인 숙소로 돌아간 올리버는 노트북을 꺼내들었다.

다이안과 하인스 킴의 컬래버레이션 무대이다. 당연히 세계의 이목이 집중하게 될 텐데 공연은 보름도 남지 않았다.

그 안에 그럴듯한 공연장을 섭외해야 하고, 무대까지 마련해야 한다. 혼자 힘으로는 불가능하다.

하여 본사에 도움 요청 메일을 발송하려는 것이다.

급, 급, 급! 긴급 도움 요청~!!!
다이안과 하인스 킴의 컬래버레이션 무대 성사됨.
공연은 1월 26일과 27일 양일간 예정되었음.
문제는 공연장과 무대가 마련되어 있지 않은 것임.
즉시 가용한 인력 전부를 데리고 바하마로 날아올 것.
― 부사장 올리버 캔델

"흐음! 그나마 다행이야."

다이안과 플로렌의 공연엔 상당히 큰 문제가 있었다. 연주해 줄 악단이 없다는 것이다.

다이안이 발표했던 곡은 많은 악단이 연주를 했으니 그리 어렵지 않다. 문제는 플로렌이다.

데뷔 무대이며 신곡이다. 이걸 누가 연주하겠는가!

어렵게 연주자들을 구해도 악보만 덜렁 주고 프로처럼 연주하라고 하면 어려울 수도 있다.

다행히 이 문제는 금방 해결되었다.

Y―엔터에선 아티스트들의 미래도 함께 걱정해 준다.

노래와 춤만 연습하다 보면 머리가 텅 빈 연예인이 되기 십상이다. 현역일 때는 그래도 괜찮다.

매니저 등 여러 스텝들이 잘 돌봐주기 때문이다.

그런데 연예계를 은퇴하면 어찌 되겠는가!

매니저 등의 보살핌으로부터 멀어지게 되면 사기꾼의 농간에 당하기 십상인 상태가 되어버린다.

은퇴 후가 심히 걱정스러운 것이다. 하여 모든 아티스트를 지덕체(智德體)를 겸비한 인재로 양성하고 있다.

이를 위해 일반상식은 물론이고, 국사, 세계사, 국어, 정치, 경제, 윤리, 철학, 물리, 화학, 생물, 지구과학, 수학, 영어, 음악사, 인문학 등을 학습시킨다.

당연히 체육시간도 있다. 체력도 키우지만 유연성과 민첩함, 그리고 순발력과 침착성도 고루 갖추도록 한다.

아울러 적어도 악기 하나는 능숙하게 연주할 수 있도록 교습하고 있다.

그 결과 서연은 플루트와 클라리넷, 연진은 퍼스트 기타, 정민은 베이스 기타, 세란은 피아노와 신시사이저, 예린은 드럼을 다루게 되었다.

이렇게 구성된 5인조 밴드는 가장 먼저 자신들의 곡을 연주했고, 최근엔 플로렌을 돕기 위해 신곡을 연습했다.

덕분에 밴드 걱정은 덜었다.

문제는 공연장이다. 현수를 만나러 오기 전 여러 곳을 물색

해 봤지만 마땅치 않았다.

아무리 작아도 최소 2,000명 이상을 수용해야 하는데 그럴 만한 공간이 없었던 것이다.

하여 신경질적으로 노트북을 덮었다.

"이런 젠장~!"

바하마는 대규모 공연과는 거리가 먼 곳이다. 관광객들을 위한 것들이 있기는 한데 너무나 작다.

모처럼 잡은 절호의 기회인데 이를 살릴 수가 없으니 짜증만땅이다.

이번 공연은 무조건 대박이다. 중계권 수입이 어마어마할 것이고, 실황음반도 불티나게 팔려나갈 것이다.

그런데 공연할 장소가 마땅치 않다.

"으으, 어떻게 하지?"

다이안의 동의를 받았고, 하인스 킴으로부터 허락을 받아냈다. 그런데 무대가 없다.

이런 말도 안 되는 상황은 뭐란 말인가?

"젠장! 젠장! 제엔~장!"

쿵, 쿵, 쿵—!

너무도 짜증이 나서 탁자를 치고 벌떡 일어났다. 그러곤 냉장고를 열어 맥주 한 캔을 땄다.

심장이 시원치 않음을 알고 난 후 술을 마시지 않았다. 그런데 오늘은 도저히 견딜 수 없을 것 같았던 것이다.

꿀꺽, 꿀꺽, 꼴딱, 꿀꺽, 꼴딱, 꼴딱―!

"카하아―!"

단숨에 한 캔을 비운 올리버는 또 하나를 꺼내기 위해 냉장고 문을 열려 하였다. 이때 휴대폰이 환해진다.

화면에는 하인스 킴의 비서 도로시 게일의 이름이 뜬다. 전화가 걸려온 것은 아니고 문자메시지가 왔다.

"……?"

뭔가 싶어 터치하니 메시지가 뜬다.

미스터 올리버 캔델에게.

공연장이 마땅치 않아서 고민이죠?

여기 그 해결책이 있습니다.

바하마의 수도 나소 케이블비치에 자리 잡은 바하마리조트에 상당한 규모의 컨벤션센터가 있어요.

지나 국영건설회사 CSCEC가 건립하다 파산한 것을 Y-인베스트먼트에서 인수하여 마무리 작업 중이죠.

지정 좌석수는 7,500석 규모예요.

즉시 사용 가능하며, 나소 시청으로부터 사용 승인을 얻었으니 이곳을 공연장으로 쓰세요. 아울러 주변의 회의장과 전시실 및 부대시설도 편한 대로 이용해도 됩니다.

무대 조명 및 인테리어, 악기 세팅은 Y-엔터 조연 부사장과 상의하세요.

마침 안드레 류(Andre Rieu)와 그의 오케스트라가 바하마에 와 있어요. 숙소 문제 때문에 골치 아픈 모양입니다.

바하마리조트의 객실을 사용할 수 있으니 섭외 권합니다.

성공적인 공연이 될 수 있도록 도우라는 하인스 킴 대표님의 전언이 있었으니 뭐든 필요하면 연락주세요.

― 도로시 게일

국영건설사인 지나건축공정총공사(CSCEC)는 남다른 포부를 안고 바하마리조트 건설에 심혈을 기울였다.

총면적 121만 2,000여 평이니 규모 면에서 카리브해 최대의 관광단지가 될 예정이었다.

총투자금액은 35억 달러 이상이고, 이 가운데 25억 달러 이상을 지나건축공정총공사와 지나수출입은행이 투자했다.

연간 투숙객수는 약 230만 명으로 추산되었다.

따라서 완공만 되면 엄청난 달러를 벌어들이는 또 하나의 화수분이 될 것으로 예상되었다.

하여 지나 기업의 해외 진출 모범사례로 꼽혔다.

하지만 완공도 되기 전인 2015년 6월에 파산절차를 밟게 되면서 자금 회수가 불가능한 상황이 되었다.

25억 달러 이상이 공중분해된 것이다. 이는 건축공정총공사가 공정대로 건축하지 못한 결과이다.

이후 진흙탕 싸움에 가까운 분쟁이 발생되었고, 지지부진한 상태에서 시간만 흐르고 있었다.

그러다 지나 대홍수 사건이 발생되었다.

그 결과 모든 건물과 서류 등이 진흙탕 속으로 들어갔고, 지나건축공정총공사와 지나수출입은행의 직원 대부분이 사망했다. 나머지는 어디에 있는지 생사불분명이다.

아울러 지나 공산당은 궤멸(潰滅)된 상태이다. 모든 체제가 붕괴되면서 국가 자체가 사라진 것이나 다름없다.

하여 주인이라고 나설 인물들이 모두 사라진 것이다.

이런 일이 빚어지기 전, 도로시는 지나의 모든 해외자산을 꼼꼼히 조사하였다. 일대일로[9]를 부르짖으며 여기저기에 참으로 많은 일을 벌여놓았다.

하지만 지나가 망하면서 주인이 없어진 것들이다.

이런 건 당연히 거저줍다시피 해야 한다. 그리고 이를 그냥 놔두는 건 성미에 맞지 않다. 하여 미리 챙겼다.

이것이 바하마리조트를 소유하게 된 과정이다.

도로시는 모든 서류를 갖춰서 나소 시청에 제출토록 했다.

100% 위조된 것이기는 하지만 누가 봐도 진본과 구분할 수 없을 정도로 정교한 서류였다.

하여 곧바로 명의이전이 실행되었다.

나소 시청 입장에선 공사 중단 상태로 있는 것보다 개장하는 것이 훨씬 좋기에 아주 협조적이었다.

---

[9] 일대일로(一帶一路): 지나가 주도하는 '신 실크로드 전략 구상'으로, 내륙과 해상의 실크로드 경제벨트를 지칭한다

완공만 되면 일자리가 적어도 5,000~8,000개는 새로 만들어지는 일이기 때문이다.

이후 지나의 색채를 완전히 지우는 작업을 지시했고, 현재 마무리 작업 중이다.

한 달만 더 지나면 영업을 개시해도 된다. 이실리프 왕국의 수많은 해외자산 가운데 하나가 되는 것이다.

참고로, 도로시는 지나건축공정총공사와 지나수출입은행에 단 한 푼도 지불하지 않았다.

그럴 필요와 이유, 그리고 방법이 없었기 때문이다.

그런데 이 리조트에는 지분을 가진 다른 권리자가 있었다. 최초로 이 리조트 개발을 계획했던 인물이다.

사르키스 이즈미르리안(Sarkis Izmirlian)은 리조트 부지와 케이블비치의 호텔 등을 소유하고 있었다.

이에 약간의 현금을 더해 총 8억 5,000만 달러를 투자한 것으로 되어 있다. 그리고 일정 지분을 챙겼다.

그런데 공사가 중단되고 파산보호신청을 하는 등의 법적분란이 시작된 이후 코너에 몰리게 되었다.

수입이 없어도 직원들 급여와 관리비 등 고정비용을 계속 지불해야만 했기 때문이다.

이로 인해 자금 경색이 시작되자 돈을 빌려주었던 은행이 적극적으로 대출회수에 나서면서 어려움에 처한 것이다.

도로시는 사르키스 이즈미르리안에게 바하마리조트 보유

지분 전체를 넘겨받는 조건으로 4억 달러를 제시했다.

애초에 8억 5,000만 달러 상당으로 책정되었던 것에 심한 거품이 끼어 있었기 때문이다.

당시의 실제 가치는 4억 달러 정도였고, 4억 5,000만 달러는 지나의 건설사와 은행, 그리고 공산당 간부들의 주머니로 들어갔던 것이다.

이중 상당 금액이 유흥비로 쓰였다.

지나 국민들이 낸 세금으로 흥청망청하며 룸살롱을 다녔고, 뇌물로 바쳤으며, 화대로 지불했던 것이다.

어쨌든 지나 놈들은 계약을 하면서 투자 금액을 부풀렸고, 차액을 나눠 가졌다. 확실한 도둑놈들이다.

공사현장은 그대로 놔두면 흉한 폐허가 될 뿐이다.

하여 사르키스 이즈미르리안은 눈물을 머금고 이 제안을 받아들일 수밖에 없었다.

그 결과 현재는 이 리조트의 지분 100%를 Y─인베스트먼트가 보유하게 되었다. 완전한 소유주가 된 것이다.

이 리조트는 3,000여 개의 객실, 카지노, 시그너처 스파, 18홀 골프 코스 및 각종 미팅룸과 고급 쇼핑센터, 셰프 브랜드 레스토랑과 각종 유흥시설 등으로 구성되어 있다.

7,500석 규모의 컨벤션센터도 그중 일부이다.

지정좌석수가 그런 것이지 입석까지 입장시키면 족히 10,000명 이상을 수용할 수 있는 규모이다.

이곳은 공사가 완전히 끝나는 즉시 Y-리조트로 명칭이 변경된다. 그러면 약 50억 달러 정도로 평가될 것이다.

Y-그룹과 하인스 킴의 명성이 시너지 효과를 일으키는 결과이다. 4억 달러를 들여서 50억 달러 이상의 자산을 갖게 되는 것이니 완전히 남는 장사인 셈이다.

개장 첫해에 발생될 각종 세금 및 소모품 지출액만 12억 달러 이상일 것으로 예상된다. 이밖에 기타 비용으로 추가 발생될 금액이 7억 5,000만 달러이다.

협조하지 않으면 폐허가 있을 뿐이지만 적극적으로 협조하면 고용도 창출되고, 국가에 큰 이익이 된다.

Y-리조트 하나로 인해 바하마 GDP의 25%에 해당하는 수익이 발생하는 것이다. 하여 나소 시장은 물론이고, 바하마 총리까지 전격적으로 협조하고 있다.

아직 정식으로 개장하지는 않았지만 다이안과 하인스 킴의 컬래버레이션을 위해 컨벤션센터와 일부 객실 및 부속시설 등을 써도 되겠느냐고 문의했다.

도로시가 나소 시장 휴대폰으로 보낸 문자메시지이다. 답변은 불과 10초 만에 왔고, 딱 한 단어였다.

Sure!

아마도 'yes'를 강조하는 의미로 보낸 듯싶다.

이 회신을 받은 직후 도로시가 올리버에게 메시지를 보냈던 것이다. 현수는 일련의 상황을 전혀 모른다. 도로시가 알아서 모신 것이다.

이 공연은 Y-리조트 홍보에도 큰 도움이 된다.

개장도 하기 전에 전 세계의 이목을 확실하게 끌 것이기 때문이다.

도로시는 올리버 캔델에게 문자를 보낸 직후 건설현장에 긴급지시를 내렸다.

최대한 빨리 컨벤션센터와 그 일대, 그리고 앙드레 류 오케스트라 단원들이 사용할 객실과 레스토랑 등을 완전한 상태로 만들라는 내용이다.

이에 긴급 충원이 이루어지고 있으며 곧바로 돌관작업[10] 이 시작되었다. 거의 완공 상태이니 청소하고 정리하는 건 그리 어려운 일이 아닐 것이다.

비용이 얼마가 들던 최대한 빨리 사용 가능한 상태로 만드는 것이 목표인지라 수많은 인력과 장비가 동원된다.

한편 네덜란드 사람인 앙드레 류의 오케스트라는 세계적인 명성을 가지고 있다.

클래식과 왈츠 음악으로 전 세계 콘서트 투어를 했고, 최대의 글로벌 팝 및 록 음악 그룹 중 하나이다.

한국에도 두 번이나 방문한 바 있다.

10) 돌관작업(突貫作業) : 장비와 인원을 집중적으로 투입하여 한달음에 해내는 공사

이들을 섭외하면 다이안 멤버들이 직접 연주할 필요가 없고, 현수의 연주에도 도움이 될 것이다.

올리버가 분주하게 여기저기 통화를 하고 메시지를 보내는 동안 그의 몸 내부에선 엘릭서가 효능을 발휘하고 있다.

본인의 몸이 왠지 이상하다는 생각은 했지만 이를 관조할 수 없을 만큼 정신적 여유가 없어 느끼지 못하고 있다.

약해진 심장 기능이 점차 정상화되어 가고 있고, 관상동맥에 협착되어 있던 중성지질들이 점차 엷어지고 있다.

아울러 떨어진 신장과 간 기능이 개선되고 있으며, 인슐린을 담당하는 췌장 역시 젊은 시절로 되돌아가는 중이다.

이밖에 다른 장기와 혈관 등에서 괄목할 만한 선순환이 이어지고 있다. 불과 25%짜리지만 환골탈태에 버금갈 효능을 발휘하고 있는 것이다.

조금 전에 마셨던 맥주 한 캔으로 인해 혈액순환이 약간 빨라진 것이 오히려 도움이 되고 있다.

엘릭서의 성분이 더 빨리 전신을 순환하게 된 것이다.

올리버는 오늘 하루 아주 분주하게 보냈다.

미국에서 바하마행 비행기를 타고 왔고, 다이안과 플로렌 멤버들을 만났으며, 조연 부사상과 대화를 나눴다.

이후 현수를 만나기 전까지 몹시 긴장된 상태였다. 혹시라도 거절하면 어쩌나 싶었던 것이다.

허락이 떨어져 기분이 좋았으나 이내 공연장 확보가 불가능하여 낙심천만했었다. 덕분에 마치 롤러코스터를 탄 것처럼 감정 기복이 심했다.

이 정도면 곯아떨어져야 한다. 그런데 방금 자고 일어난 것처럼 활력이 넘친다. 그럼에도 이상함을 깨닫지 못하는 이유는 어떻게든 성공적으로 공연을 성사시켜야 한다는 일념 때문이다.

한 가지에 골몰하면 다른 것을 돌아보지 못하는 집중력이 발휘되는 중인 것이다.

"그나저나 어떤 곡을 연주하지?"

창밖을 물끄러미 바라보고 중얼거렸다.

샤워를 마치고 나왔던 지윤은 올리버 캔델과 대화하는 현수를 보곤 침실로 들어갔고, 이내 잠이 들었다.

아침부터 바둑이 끝나는 시간까지 내내 긴장된 상태였다. 혹시라도 패하면 어쩌나 했던 것이다.

대국하는 동안엔 제발 이기라고 기원했다. 너무 긴장해서 점심도 참새 모이만큼 먹었을 뿐이다.

승리한 후 산책을 하면서 긴장이 확 풀어졌다. 하여 이내 깊은 잠에 빠져들었다.

그렇기에 나지막한 소리를 낸 것이다.

Chapter 08
—
연주 목록

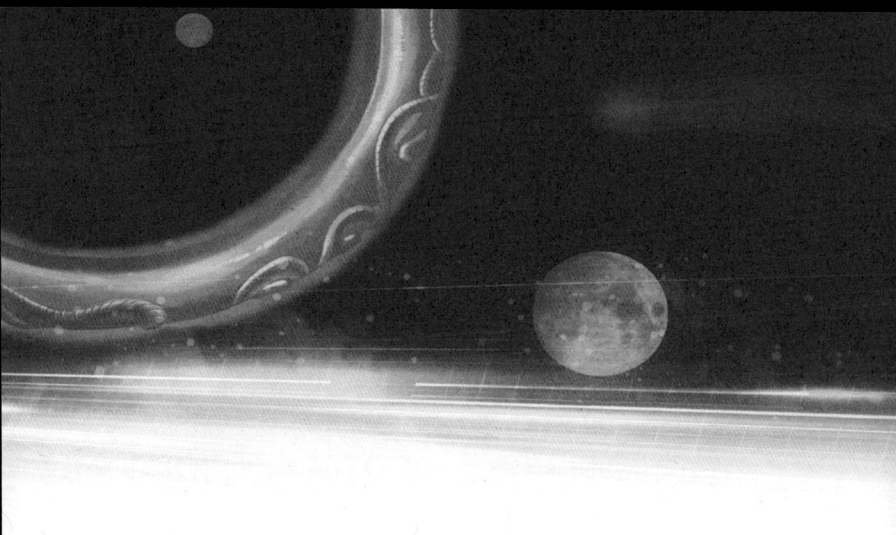

"안드레 류가 부에노스아이레스 공연에 앞서 오케스트라 단원들을 데리고 이곳에 와 있어요."

"안드레 류? 아! 유명한 지휘자 말하는 거지?"

"바이올리니스트이기도 해요. 그의 오케스트라는 많은 레퍼토리를 가졌으니 곡 선택의 폭이 넓어졌어요."

"그래? 그럼 어떤 곡을 한다? 흐으음."

잠시 상념에 잠겼다. 어려운 곡보다는 널리 알려졌고, 듣기에 좋은 곡이 필요하다.

라 캄파넬라와 차르다시, 캐리비안의 해적의 메인 테마와 피아졸라의 리베르 탱고, 그리고 사라사테가 작곡한 치고이너바

이젠은 이미 연주한 바 있다.

러시아 모스크바에서 지윤의 데뷔탕트(Debutante) 때이다.

같은 곡을 다시 연주하는 것은 모양새가 빠진다. 하여 다른 곡들을 떠올려보았다.

가장 먼저 선택된 것은 'Shostakovich Waltz No.2'이다. 오케스트라가 받쳐주니 첼로로 연주하면 될 것이다.

다음은 1986년에 개봉된 영화 미션(Mission)의 메인 테마 'Gabriel's Oboe'가 적당할 듯싶다.

이건 오보에로 연주해야 제 맛이 난다.

그 다음으로 선택한 것은 영화 대부(Godfather)의 OST인 'Spesk softly love'이다. 트럼펫으로 연주한다.

이어서 영화 빠삐용(Papillon)의 주제가 'Free as the wind'를 하모니카로 불면 괜찮을 것 같다.

영화 음악을 계속했으니 다음은 클래식 넘버로 넘어간다. 선택된 곡은 CF 등으로 사람들의 귀에 익은 곡이다.

'Mozart Symphony No.40 1악장'을 바이올린으로 연주한다. 이어서 '경기병 서곡(Light Cavalry Overture)'이 괜찮을 듯싶다. 트럼펫과 호른, 그리고 트럼본을 바꿔가며 연주한다.

마지막 곡은 해금(奚琴)으로 연주하는 '그 저녁 무렵부터 새벽이 오기까지'이다.

참고로, 해금은 두 줄로 된 찰현악기(擦絃樂器)이다. 바이올린과 첼로처럼 문질러서 연주하는 것이다.

고요한 가운데 연주하면 사람들의 심금을 가장 빨리 울릴 수 있는 악기라 생각한다. 따라서 국악기와 국악을 알리는 중대한 계기가 될 수도 있다.

앵콜곡도 준비해야 한다. '베토벤 바이러스'와 '왕벌의 비행'을 리코더로 연주해 볼 생각이다.

그래도 앵콜을 한다면 최영섭 곡인 '그리운 금강산'을 바이올린으로 들려줄 것이다.

그래도 또 앵콜을 외치면 다시 해금을 꺼내 드라마 역적의 OST인 '홍연(紅然)'을 연주한다.

세인들의 귀에 콱 박힐 정도로 아름다운 선율이 전해질 것이다. 다음은 없다.

다음 날 연주할 곡들도 골라냈다.

시작은 클래식 기타로 '알함브라 궁전의 추억'을 연주하여 잔잔하게 시작한다. 이어서 Sting의 'Shape of my heart'이다. 1995년에 개봉한 영화 레옹(Leon)의 OST이다.

이어서 클라리넷으로 연주하는 영화 나자리노의 메인 테마 'When a child is born'을 들려준다.

다음은 Amazing Grace이다.

이 곡은 스코틀랜드의 민속음악 및 군악대 악기로 쓰이는 백파이프(Bagpipes)가 제격이다.

이어서 이바노비치의 '다뉴브강의 잔물결(Donau wellen

Walzer)'로 이어진다. 바이올린을 사용할 것이다.

내친김에 베토벤 운명 교향곡 1악장도 연주한다.

클래식의 연속이었으니 살짝 가요로 방향을 튼다.

조덕배의 '그대 내 마음에 들어오면'을 피아노로 연주한다.

다음 곡은 이선희의 '인연(因緣)'이다.

이번에 등장하는 것은 한국의 전통악기인 대금이다. 때론 애절하고, 때론 청아한 소리를 내는 일품 악기이다.

듣고 있으면 마음이 편해지는 한편 누군가를 향한 연민이 저절로 솟아남을 느끼게 것이다.

다음은 팬파이프(Panpipe, Panflute)로 연주하는 잉카 전통 음악을 베이스로 한 페루의 'El Condor Pasa'이다.

청아하면서도 깊이 있는 소리는 청중들의 마음 깊숙한 곳을 사정없이 자극하게 될 것이다.

아마 다들 눈물 한 방울쯤 찔끔하게 될 것이다.

이어질 곡은 클라리넷으로 연주하는 예민의 '어느 산골 소년의 사랑 이야기'이다. 이 아름다운 멜로디를 세상에 널리 알리기 위해 선정했다.

마지막 곡은 다이안의 리더 서연과 함께하는 무대이다.

영화 '티파니에서 아침을'의 메인 테마 'Moon river'가 연주된다. 현수가 기타를 치고 서연은 오드리 헵번(Audrey Hepburn)처럼 담백하게 노래 부르게 될 것이다.

뒤이어 연진, 세란 등 나머지 멤버들이 하나씩 나오면서 뒷부분을 이어서 부른다.

둘째 날 공연은 이걸로 끝이다.

그런데 앵콜을 외치지 않을 관객이 있겠는가! 게다가 다이안이 다시 등장한 무대이다.

하여 이미 공전절후할 불후의 명곡 반열에 오른 To Jenny와 First Meeting이 다시 연주된다.

이래도 앵콜을 외치면 진짜 마지막으로 Peter, Paul & Mary의 'Lemon tree'와 'Puff the magic dragon'으로 대미를 장식한다.

현수는 기타를 연주하고 멤버들이 노래를 한다.

기분 내키면 화음 정도는 넣어줄 수 있다. 이때 현수의 저음은 사람들의 기분을 묘하게 만들 것이다.

묵직한 진동을 느끼고 전율하는 사람도 있을 것이고, 대다수 여인들은 지극한 황홀감 내지 전율할 고양감(高揚感)에 소름이 돋는 것을 느낄 수도 있을 것이다.

이 노래의 가사는 다소 슬픈 내용이지만 멜로디 자체는 어린아이들도 좋아한다. 하여 동요로도 불린다.

그래서 미국에선 다섯 살짜리도 아는 노래이다.

이러니 다들 아주 유쾌한 기분으로 합창하게 될 것이다.

무대 뒤편 스크린에 가사가 자막으로 뜰 것이기 때문이다. 이 노래는 다음과 같이 시작된다.

이는 모든 관객들이 입을 모아 합창할 부분이기도 하다. 무려 일곱 번이나 반복되기 때문이다.

Puff the magic dragon lived by the sea
And frolicked in the Autumn mist in a land called Hanalee ……

이틀간의 공연 동안 현수는 현악기, 타악기, 건반악기, 금관악기, 목관악기, 전통악기 등을 두루 연주한다. 모두 명인(名人) 이상인 수준이라 듣기에 불편함이 없을 것이다.
"어때, 이 정도 레퍼토리면 괜찮겠어?"
"다 괜찮은데 몇 곡은 악보를 미리 줘야겠군요."
이선희의 인연, 예민의 '어느 산골소년의 사랑 이야기', 조덕배의 '그대 내 마음에 들어오면', 해금으로 연주할 '그 저녁 무렵부터 새벽이 오기까지'는 천하의 안드레 류 오케스트라라 할지라도 접해보지 못한 곡일 수도 있다.
그러니 미리 악보를 건네야 하는 것이다.
"나머진 괜찮겠지?"
"그럼요. 당연히 전부 가능해요."
"그래, 그럼 되었군. 근데 문제는 나네."
"네? 뭐가요?"
"연습을 해야 하잖아. 손 놓은 지 제법 오래되었으니까."

"그, 그러시죠."

현수는 세상의 거의 모든 악기를 대가(大家) 이상으로 연주할 능력을 가졌다. 2,962년을 사는 동안 남는 게 시간일 때가 많았기 때문이다.

지구에서 아르센 대륙 쪽으로 차원이동을 하면 이쪽의 시간이 멈춰져 있었으니 실제로는 이보다 훨씬 더 긴 세월을 살았다. 그리고 양쪽 모두 무소불위의 권력을 가진 황제였다.

늘 시종과 시녀들의 수발을 받았다. 이러니 시간이 얼마나 널널했겠는가!

어쨌거나 연주 목록에 올린 악기 중 어떤 것은 100년 넘게 한 번도 만져보지 않는 것이 있다. 스테인리스 스틸도 녹슨다. 따라서 한 번쯤 연습을 해봐야 한다.

"그리고 오케스트라와 합도 맞춰봐야 하지 않겠어?"

"그건 그렇죠."

"그럼 스케줄 잡아. 언제 어디서 어떤 곡을 리허설해 볼 것인지 약속을 정하고, 내가 쓸 악기들도 준비해."

"네! 근데 폐하의 아공간이 열리면 참 좋은데 말이죠."

온갖 손에 익은 악기들이 다 담겨 있다.

바이올린의 경우 17세기 이탈리아의 현악기 장인인 안토니오 스트라디바리가 만든 스트라디바리우스가 3개나 있다.

과르네리(Guarneri)와 아마티(Amati)는 2개씩이다.

이밖에 1730년 이탈리아에서 만들어진 '뉴랜드 요하네스

프랜시스큐스 켈로니아투스'라는 긴 이름을 가진 첼로도 담겨 있다. 현재 약 100만 달러의 가치를 가졌으니 12억 원 가까이 되는 악기이다.

오보에와 트럼펫, 호른, 트럼본, 그리고 리코더와 하모니카, 기타, 피아노 역시 명품이라 불리는 것들이 담겨 있다.

이것들은 공통적으로 보존마법과 스트렝스, 그리고 페이션스 마법이 걸려 있다.

마지막으로 타임 슬로우 마법이 있다.

시간의 흐름을 느리게 하여 자연적으로 분해되는 걸 극단적으로 늦추는 효능을 발휘한다.

모두 귀한 악기를 보호하기 위한 조치이다.

하여 흔히들 오함마라 부르는 슬레지해머(sledgehammer)로 힘껏 내려쳐도 까딱없다.

이것들의 또 다른 공통점은 음질이 매우 좋다는 것이다. 같은 스트라디바리우스나 과르네리라도 차별된다.

이 또한 마법이 걸려 있기 때문이다.

이들에겐 또 하나의 마법진이 붙어 있다.

악기 고유의 소리를 보다 선명하게, 그리고 멀리까지 들리게 하는 디스팅션(Distinction) 마법이다.

그래서 악기를 만드는 사람들이 이 소리를 듣게 되면 미칠 것이다. 도저히 따라갈 수 없는 까마득한 하늘 위라는 느낌을 받을 것이기 때문이다.

무협소설에선 이런 경우를 천외천(天外天)이라 칭한다. 그런데 꺼낼 수가 없어서 참으로 아쉽다.

만일 꺼낼 수 있게 되면 이번 연주는 진짜 대박이 된다.

악기를 사용할 수 있게 된다는 것은 아공간을 쓸 수 있다는 것이고, 이는 마법을 쓸 수 있다는 뜻이다.

그럼 선율에 마나를 담을 수 있다. 무협소설에서 음공(音功)이라 하는 것이 가능한 것이다.

듣는 이로 하여금 황홀함의 극치를 느끼게 할 수도 있고, 피를 토하게 할 수도 있다.

물론 죽일 수도 있다. 괜히 음공이라 하겠는가!

선율에 포근함을 담으면 사람들은 나른함과 더불어 편안함, 그리고 만족함 등을 느낀다. 모든 근심 걱정과 시름을 잊고 긍정적이고 행복한 마음을 품게 된다.

광포함을 담으면 잔뜩 긴장할 수도 있고, 정도에 따라 곡에 완전히 집중하게 할 수도 있다. 그리고 분노를 담으면 깊은 내상을 입게 되거나 사망에 이를 수도 있다.

이번 공연에 마나를 쓸 수 있다면 각각의 곡이 가진 고유의 서정(抒情)을 고스란히 전달할 수 있을 것이다.

이를 녹음할 경우 효과가 반감되기는 하지만 적어도 절반은 전달되니 어찌 대박이 아니겠는가!

특히 다이안이 부르는 To Jenny와 First Meeting은 치유의 효능이 훨씬 더 좋아져서 저절로 질병에서 해방되는 기적을 보게 될 수도 있다.

"그렇긴 하지. 근데 안 되잖아. 어쩌겠어? 순응해야지."

"아, 알겠어요. 악기들 따로 수배해 볼게요."

지구 반대편에 있던 것도 사거나 빌려올 수 있는 세상이니 그리 어려운 일은 아닐 것이다. 돈만 주면 된다.

물론 상당히 큰 액수가 되어야 할 것이다.

"다이안 멤버들에게 노래 연습도 시켜."

문 리버와 레몬 트리, 그리고 퍼프는 멤버들이 태어나기 전에 발표된 곡이다. 들어보지 못했을 수도 있으니 사전 준비가 필요한 것이다.

"알겠어요."

대화하는 동안 현수가 말했던 바들이 전달되고 있다.

올리버 캔델에겐 이번에 연주될 곡들의 모든 악보가 보내졌다. 안드레 류와 만나는 자리에서 건네주라는 메시지가 포함되어 있다.

조연 부사장에겐 문 리버와 레몬 트리, 그리고 퍼프 더 매직 드래곤 악보가 보내졌다.

어느 부분을 누가 부를지 세세하게 표기된 악보이다. 연습을 해보고 녹음한 것을 보내라고 하였다.

더 낫게 만들 수 있으면 편곡하여 다이안의 리메이크곡 레퍼토리로 하는 것도 괜찮다 싶었던 것이다.

참고로, 문 리버는 1961년, 레몬트리는 1962년, 퍼프 더 매직 드래곤은 1963년에 발표된 곡이다.

셋 다 50년 이상 된 곡이지만 아직 저작권이 살아 있으니 원 저작자부터 법적 권리를 득(得)해 놓는 것이 좋다.

다이안은 현재 세계 최고의 아티스트로 인정되고 있다.

따라서 저작권자들은 기꺼이 사인할 것이다. 본인들에게도 막대한 수익이 발생될 것이기 때문이다.

현수가 연주하게 될 곡 중 저작권이 없는 클래식이 아닌 것들 또한 사전에 법적 권리를 확실하게 할 필요가 있다.

연주하는 것은 괜찮지만 음반으로 판매할 때 문제가 발생될 수 있기 때문이다. 이는 아일랜드 데프 잼 레코딩스의 올리버 캔델이 할 일이다.

도로시는 이메일로 연주 목록과 악보를 보내면서 저작권자들의 현재 위치와 연락처를 일일이 알려줬다.

한시 바삐 권리를 취득해 놓는 것이 좋기 때문이다.

이들 역시 전 세계의 이목을 한 몸에 받고 있는 하인스 킴이 연주해 주고, 음반으로 발매하는 것이 좋다.

저작권자로서 당연히 수익의 일부분을 나눠 갖게 되는데 그 금액이 여태껏 받아온 저작권료를 모두 합친 것보다도 훨씬 더 클 것이기 때문이다.

이제 과녁은 준비되었다. 이제부터 먼지 쌓인 활을 꺼내 탈탈 털어내곤 시위를 팽팽히 당겨서 쏘는 연습만 남았다.

현수와 도로시는 밤늦도록 남은 시간 동안 무엇을 어떻게 할지 의견을 나눴다.

기왕에 하기로 한 것이니 아주 본때를 보여줘야 한다. 그러려면 사전에 면밀한 준비가 필요하다.

호랑이는 토끼를 사냥할 때에도 최선을 다한다. 하여 가장 효율적이면서 효과적인 방법을 모색한 것이다.

세상 사람들은 알파고와의 대국을 위해 무진장 공부했을 것이고, 오늘도 복기하고 있을 것으로 예상하고 있다.

그런데 현수는 바둑 연습을 하지 않았다. 손가락을 움직이기만 할 뿐 머리로 하는 것이기 때문이다.

그런데 악기는 다르다. 머리로는 악보를 떠올리면서 손가락 등을 움직여야 한다.

하여 가상의 악기를 허공에 띄워놓고 연습을 시작했다.

노력하는 천재는 이기기 쉽지 않다.

현수는 천재의 범주를 뛰어넘는 재능을 가진 신인(神人)이다. 여기에 노력까지 더해지니 결과가 어찌 되겠는가!

2017년 1월 16일 오후 2시.

카메라 세례를 받으며 현수가 대국장에 입장한다.

어제는 깔끔한 양복 차림이었는데 오늘은 개량한복이다. 진남색 바지에 옥색 상의가 매우 편해 보인다.

덕분에 한복 열풍이 불게 될 예정이다.

잠시 후 사회자의 대국 선언이 있었고, 긴장된 가운데 2국이 시작되었다. 이번엔 현수가 흑을 잡았다.

시작과 동시에 천원과 화점의 대각선 중앙에 돌을 놓는다. 또 해설자들이 고개를 갸웃거린다.

1대국이 끝난 후 해설자들은 저마다의 반성을 토로했다.

현수가 두었던 초반 12수에 대해 제대로 알지 못하고 엉뚱한 해설을 했음을 고백했다.

그러면서 뱁새가 어찌 봉황의 높은 뜻을 헤아릴 수 있었겠느냐는 자기 방어도 잊지 않았다.

프로 9단인 본인은 뱁새, 현수는 봉황으로 비유한 것이다.

한국엔 입신(入神)이라 칭해지는 프로 9단이 71명이다. 좁은 나라에 참으로 많은 신들이 기거하고 있는 것이다.

2016년의 한국엔 프로기사가 316명이다.

이중 9단이 22%나 되니 5명 중 1명 이상이 입신의 경지에 도달했다는 것이다.

과거엔 승단 규정이 까다로워 조훈현 9단이 입단 20년 만에 국내 최초로 9단에 승단할 수 있었다.

그러다 1990년대 중반에 단이 낮은 10대 기사들이 성적을 내기 시작했다. 이로 인해 단의 권위가 낮아지자 승단 규정을 쉽게 만들었다.

그래서 9단이 크게 늘어난 것이다.

국내외 대회 우승에 따른 특별 승단제도 등이 그것이다.

하여 현재 국내 랭킹 1위 박정환은 입단 4년 만인 17세에 프로 9단이 되었다.

아무튼 이들 중 이세돌 9단만 알파고를 상대로 1승을 거뒀을 뿐이다. 다른 기사들은 아예 도전조차 하지 않았지만 아마 현재의 알파고와 대국하면 전패하게 될 것이다.

현수는 그런 알파고를 상대로 이미 10연승을 이뤄냈고, 오늘 11연승으로 이어가려고 이 자리에 나왔다.

따라서 현수가 프로기사들과의 대국을 하면 아마 전승할 것이다. 폄하 의도는 없다. 상대적으로 그렇다는 뜻이다.

어쨌거나 프로 9단들이 양심고백을 했다.

천외천의 경지에 오른 하인스 킴의 의중을 본인들은 감히 짐작할 능력조차 없다는 것이다. 입신이라면 신의 반열에 올랐다는 뜻인데 왠지 조금 이상하다.

하여 오늘은 이전과 사뭇 다르게 한다.

알파고의 수는 나름대로의 해설을 하지만 현수의 수는 가급적 언급하지 않기로 한 것이다.

왜 거기에 뒀는지 알 수 없기 때문이라 하였다.

입신이 이럴 정도면 현수는 어느 반열일까? 신들이 짐작 못하니 그들을 창조해 낸 조물주 정도면 될까 싶다.

어쨌거나 해설자들은 이번에 둔 수가 이따가 어떻게 작용할지 자못 궁금하다는 말만 이어갈 뿐이다.

알파고는 이번에도 첫수부터 장고에 들어갔다. 변칙 바둑에 아직 적응하지 못했다는 뜻이다.

'이거 빨리 끝내고 가서 악기 연습해야겠어. 손 놓은 지 너무 오래되었나 봐.'

현이 두 개뿐인 해금이 문제다. 기억을 더듬어보니 마지막으로 연주했던 게 무려 700년 전이다.

대금도 300년 전이 마지막이다.

음악의 신이라 할지라도 이 정도 세월이 흘렀으면 실력이 녹슨다. 현수라 하여 다를 바 없다.

하여 연습이 필요함을 절감하는 것이다.

'그건 안 되죠. 푸틴에게 9집 차이 승이라 하셨잖아요.'

'끄으응! 깜박 잊었다.'

'돈 많이 걸었어요.'

'그래? 얼마나?'

'승패엔 100만 루블, 승차는 9집에 1억 루블을 걸었어요.'

'돈도 많은 양반이…. 쳇!'

푸틴은 명실상부하게 돈과 권력을 틀어쥐고 있다.

하여 나직이 투덜거린 것이다. 해금과 대금 연습하러 가야 하는데 시간 잡아먹게 생겨서 그렇다.

'그나저나 쪽발이들 처벌은 시작되었지?'

'네! 자민당 당적을 하루라도 가졌으면 대상이에요.'

'그래, 아주 지긋지긋한 것들이니 확실하게 치워.'

후안무치하고, 욕심 사나우며, 부끄러움을 모르고, 뻔뻔한 양심불량의 전형이니 지우라는 것이다.

'넵!'

상당히 많은 인원을 지워야 함에도 짧게 대답하는 걸 보면 도로시도 이견이 없나 보다.

'최대한 빨리 처리하는 거 잊지 말고.'

'네에, 24시간 풀가동되고 있어요.'

'그래, 그래야지. 그놈들 숨 쉬는 공기조차 아까워.'

'……'

이번엔 대답이 없다.

'왜 대꾸 안 해?'

'폐하! 전에 사무실에 왔던 미 국무부 아시아태평양담당 차관보 대니얼 러셀이 뻘짓을 하네요.'

'뻘짓? 무슨 뻘짓?'

'이놈이 감히 폐하와 황후들을 납치하려고 해요.'

'오늘? 전 세계 이목이 쏠려 있는데?'

'아! 오늘 말고요. 10국이 끝나는 날 심야를 D-Day로 잡았어요.'

'대국 끝나서 파티를 하면 그 뒤에?'

'네! 오전 2시에 하려나 봐요. 현재는 저택으로 침입하기 위한 루트를 정찰을 하고 있네요.'

'그래?'

'폐하를 납치한 후 린치를 가하거나 고문을 해서라도 자신들의 뜻을 관철시키겠다는 계획을 세웠네요.'

대니얼 러셀의 노트북에 담긴 것을 보여준다.

납치 — 린치(고문) — 스와프 철회 — 재산 헌납(※)

'하! 이놈 봐라? 차관보 주제에 감히 날 납치 후, 고문하고 돈까지 빼앗을 생각을 해?'
'죽일까요?'
'이놈 혼자서 온 거 아닐 거 아냐.'
'네, 총 36명을 데리고 왔어요. 전원특수부대 출신으로 CIA에서 특채한 인원들이에요.'
'그래?'
'그래 봤자. 뭐 아무것도 아니죠. 지우려고 마음먹으면 3분 이내에 전멸 가능해요.'
'응? 겨우 36명인데 그렇게 오래 걸려?'
휴머노이드의 성능을 잘 알기에 한 말이다.
'전부 이 근처에 있는 게 아니라 대부분 다른 섬 여기저기에 흩어져 있어서 그래요.'
이러면 고개를 끄덕이지 않을 수 없다.
동의의 뜻이지만 중계되는 화면으로 보이는 현수는 뭔가를 깨달은 듯한 것으로 여겨지는 모양이다.
마침 알파고가 착수를 했고, 현수는 또 다른 점에 돌을 놓았다. 이에 알파고는 또 랙에 걸린 듯하다.

'그래? 그럼 배후는?'

'담당 차관인 것 같아요. 그 윗선은 상관 없구요.'

'흐으음! 겨우 차관이 그런다고?'

미국 국무부 차관의 권력은 결코 약하지 않다. 다만 현수가 보기에 가소롭기 이를 데 없을 뿐이다.

'제가 알아서 뿌리까지 싹 다 제거할게요.'

'그래, 그럼! 못된 짓을 획책했으면 그에 합당한 벌을 받아야겠지. 그나저나 36명은 어떤 일인지 알고 있는 거야?'

'정찰하러 나온 것들도 정확히는 모르는 거 같아요. 그곳이 폐하의 저택인 것도 모르더라구요.'

대원들 사이의 모든 통신을 감청하기에 아는 일이다.

'걔들은 위에서 시키니까 한다 이거지?'

'아마도 그런 거 같아요. 직장인의 비애죠.'

'그래, 비애 맞네. 뭔지도 모르고 하라니까 해야 하는…. 한국에도 그런 사람들 많지?'

'예전엔 그랬는데 지금은 조금 덜해요. 우리가 기업들을 인수한 후 체제정비를 하면서 시스템을 많이 손봤거든요.'

이전엔 위에서 시키면 설사 그 일이 사회정의에 반(反)하는 일이라도 해야 했다.

개념을 상실한 놈이 아니라면 정말 마지못해 했을 것이다. 양심의 가책을 느끼긴 하지만 직장에서 잘려나가면 당장의 생계가 급해지기 때문이다.

이젠 직장에서의 상명하복이 미덕이 아니다. 수직적이 아닌 다분히 수평적 구조로 변모되었기 때문이다.

아울러 서로가 협조해야 부여된 임무를 완수할 수 있다.

직급이 높은 자는 그에 걸맞은 비중의 업무가 주어지고, 신입사원 같은 경우는 웬만큼 실수를 해도 큰 지장이 없을 일을 하도록 한다.

그러면서 차츰 경험을 쌓도록 하는 것이다.

이 과정에서 누가 누구를 갈굴 수 없도록 제도화했다.

인간관계 때문에 스스로 목숨을 끊는 일이 잦아서 아예 그럴 만한 싹을 잘라버린 것이다.

각자는 본인의 업무 성과에 따라 급여가 책정되고, 성과급이 지불된다.

본인은 탱자탱자 놀다가 부하 직원들만 달달 볶아서 나온 성과를 홀랑 가로채는 일 따위는 일어날 수 없다. 도로시가 직장인 전체의 업무를 환히 꿰고 있기에 가능한 일이다.

때로는 몇몇이 협력하여 공동으로 작업해야 하는 경우도 있을 것이다. 이럴 땐 책임을 미루거나, 누가 누구를 갈굴 수 있는 여건이 되지 못하도록 확실하게 업무를 분장하고, 책임 소재를 명확히 구분해준다.

각자에게 주어지는 업무 지시서엔 그 일을 왜 해야 하는지, 어떻게 하면 정확하고 빠르게 할 수 있는지가 설명되어 있다. 이는 본인만 열람 가능하다.

이에 따라 움직이면 알력이나 분란이 발생될 수 없다.

아무튼 한국의 직장인들은 이제 비애를 느낄 일이 별로 없다. 즐거운 마음으로 출근해서, 주어진 업무를 완수하면 능력이 저절로 계발(啓發)되는 시대가 되었기 때문이다.

Chapter 09
—
국회가 일을 한다

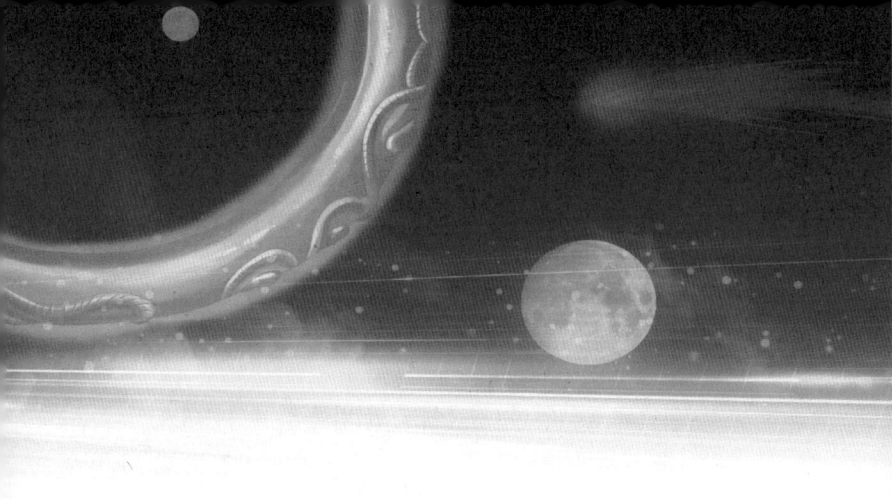

아무튼 CIA는 아직 못 그러는 모양이다.

'대기 중인 CIA 대원들은 어떻게 할까요?'

'선제적으로 대응해. 불순한 의도지만 아직 죄를 짓지 않았으니 다 죽이는 건 조금 그러니까.'

'급성 장염 어때요? 계속 설사하면 작전에 못 나서잖아요.'

'조금 지저분하기는 하지만 그게 괜찮을 것 같네.'

'한 일주일쯤 설사하면 진이 빠져서 꼼짝도 못 할 거예요.'

'그래! 그렇게 해.'

'넵! 분부대로 합지요.'

도로시가 약간 신난 듯한 느낌이다. 건장한 사내 36명이 설사를 하며 괴로워하는 것을 예상하는 모양이다.
 이럴 때 보면 약간 변태 기질이 있는 것 같다.

*　　　　*　　　　*

 '국회에서 공무원 수 경감에 관한 법률을 제정한대요.'
 '그래? 정부의 덩치를 줄이면 국민들로부터 세금을 덜 걷어도 되니 괜찮은 생각이야.'
 '이번 국회는 자못 기대가 돼요.'
 '그건 그래! 근데 못된 거나 안 배웠으면 좋겠어.'
 '가만히 있다가 중간이나 가라구요?'
 '아니, 그냥 그렇다고.'
 도로시가 생각할 때 한국은 참 이상한 나라이다.
 좋은 걸 들여와 놓고는 그걸 괴랄하게 변형시켜 사회문제로 만드는 데 일가견이 있다.
 괴랄이라는 표현은 '괴상하고 지랄맞다'는 걸 줄인 말인데 '나쁘다'는 의미로 사용된 어휘이다.
 예를 들어, 멀티 레벨 마케팅이란 것이 있다.
 이 마케팅 기법이 처음 구상되었을 때는 그 의도가 나쁘지 않았다.
 어느 회사에서 신제품을 개발해 냈다.
 이걸 팔기 위해 광고를 계획한다. 그러곤 사람들에게 널리 알려진 유명 연예인을 섭외하여 광고를 제작한다.

그래야 더 많이, 더 빨리 팔리기 때문이다.

연예인 입장에선 본인의 초상권 사용을 승낙하는 것이고, 본인의 이미지를 상품에 입히는 일이다.

하여 인기가 높을수록 많은 몸값을 받는다.

예를 들어, 어떤 배우가 한편의 CF를 찍고 10억 원을 받았다. 이는 상품이 팔리든 안 팔리든 고정된 금액이다.

만일 이 상품을 10만 개 만들었고 판매가가 10만 원이라고 가정하면 하나당 1만 원이 광고비이다.

기업을 운영하는 사람들 모두 알겠지만 불특정 다수를 겨냥한 광고보다 호의에 가득 찬 입소문이 더 좋다.

A라는 사람이 우연히 이 상품을 구입했고, 써봤더니 너무 좋아서 친지들에게 권유를 했다.

이렇게 하여 10개가 팔렸다.

그 후 물건을 샀던 B는 A의 말대로 물건이 좋아서 본인 주변 사람들에게 권유해서 또 10개가 팔렸다.

A 덕분에는 20개가, B 덕분엔 10개가 팔린 셈이다.

만일 광고를 하지 않았다면 원가가 개당 1만 원 저렴했을 것이다. 그럼에도 소매가격이 같다면 회사 입장에선 하나가 팔릴 때마다 1만 원씩 이득을 본 셈이다.

광고도 안 했는데 건이 팔린 데엔 A와 B의 역할이 있었다. 하여 회사를 대신하여 광고를 해줘서 고맙다는 뜻으로 적절한 사례를 할 수 있다.

직접 소개는 개당 3,000원, 파생되어 팔린 것은 개당 2,000원을 줘도 회사는 5,000원이 이득이다.

A는 직접 소개한 10개에 대한 사례로 30,000원 + B로 인해 팔린 10개에 대한 수당으로 20,000원을 받는다.

한편, B에게는 직접 소개한 10개에 대한 사례비 30,000원이 주어진다.

회사는 총 20개가 팔렸는데 10개는 1개당 7,000원씩, 나머지 10개는 1개당 5,000원씩 이득이다.

20개가 팔렸고 개당 1만 원이 광고비 명목이었으니 A(5만원)와 B(3만 원), 그리고 회사(12만 원)의 이익을 합치면 계산이 맞아 떨어진다.

광고를 하지 못하게 된 연예인이야 억울하겠지만 A와 B, 그리고 회사 모두가 이득을 본 것이다.

이런 것이 바로 멀티 레벨 마케팅의 기본 개념이다.

1980년대 모 회사에서 이 기법을 도입하여 상품을 판매하기 시작했다.

분명 '상품을 써보고 좋아서 주변에 소개하는 것'이 이 마케팅의 기본 이념이다.

그런데 한국의 소비자들은 전혀 그러지 않았다.

상품의 질이 어떻든 주변에 소개하여 사례금을 챙기는 것에 혈안이 되었다.

판매가격이 높을수록 더 많은 사례금을 챙기게 되니 주방세제를 1,000만 원어치씩 사도록 유도했다.

그러지 않으면 소개를 해도 수당 받을 자격을 주지 않았기에 할 수 없이 상품을 매입했다.

그런데 27년 전에 주방세제 1,000만 원 어치는 그 물량이 얼마나 되었을까? 현재보다 돈의 가치가 높았으니 아마도 수십 박스는 족히 되었을 것이다.

아무튼 이 회사에선 1,000만 원 어치가 팔릴 때마다 직접 소개 15%, 1차 파생 소개 10%, 그리고 2차 파생 소개 5%를 수당으로 지급하는 식으로 영업을 했다.

이는 실제가 아니라 예를 든 것이다.

그런데 1990년 공무원 호봉표를 보면 9급 3호봉의 월급이 20만 원이다. 중소기업은 40~50만 원, 대기업이 60~70만 원이던 시절이었다.

그런데 누군가에게 주방세제를 사게 하면 150만 원이 수당으로 떨어졌다. 월급쟁이들 눈 돌아갈 일이다.

그 사람이 다른 누군가에게 소개하여 팔리게 되면 가만히 앉아 있는데 100만 원이 추가로 들어왔다.

K라는 사람이 처음에 3명에게 소개하고, 그 사람들이 각각 3명, 그리고 이 사람들이 또다시 3명씩 소개를 하는 경우를 계산해 보면 다음과 같다.

직접 소개 사례금 450만 원, 1차 파생 수당 300만 원, 2차 파생 수당 150만 원이다. 합이 900만 원인데 이는 대기업 사원의 연봉 이상이다.

처음 소개한 3명은 누군지 아는 사람들이지만 1차 파생과 2차 파생은 누군지도 모르던 사람들이다.

K는 이들이 주방세제를 매입하는 데 아무런 역할도 하지 않았을 수도 있다. 그럼에도 450만 원이 추가로 생겼다.

하여 상당히 많은 사람들이 생업을 팽개쳤고, 서로 주방세제를 살 회원을 끌어들이겠다고 아우성이었다.

본인들이 소개하는 상품의 질 따위는 관심도 없다.

오로지 당신이 이걸 구입한 후 몇 명에게 소개하고, 그 몇 명이 또 몇 명을 소개하면 그때 당신에게 떨어지는 수당이 어마어마하다는 것만 설명했을 뿐이다.

본래 괜찮았던 취지의 멀티 레벨 마케팅이 이렇게 해서 피라미드 또는 다단계로 불리게 되었다.

돈에 환장한 한국인이 진짜 괴랄하게 바꾸어 놓은 것이다.

주방세제뿐만이 아니다.

일본산 자석요와 활수기, 건강식품 등도 이런 방법으로 팔았다. 상품의 질과 상관없이 상당히 고가의 제품들이었다.

상품가가 높아야 회원들에게 떨어지는 수당이 많기 때문이고, 가격에 거품이 끼어 있어야 더 많은 단계까지 수당을 지급할 수 있기 때문이다.

아무튼 현재에 이르기까지 피라미드 사업, 또는 다단계 때문에 사회문제가 되고 있다.

필요하지도 않은 상품을 왕창 사다가 집안에 쌓아놓으니 분란이 생기지 않으면 이상할 것이다.

한국인들이 망친 것은 이것뿐만이 아니다.

서양의 어떤 종교는 '늘 감사하는 마음으로, 서로 도와가면서, 착하게 살라' 고 가르친다.

흠잡을 데 없는 선(善)한 교리이다. 그런데 이 종교는 한국에 들어온 후 완전한 사회악으로 탈바꿈되어 있다.

역사가 채 100년도 되지 않았건만 너무나 완악(頑惡)[11] 하고, 뿌리가 깊어졌으며, 많은 문제를 일으켰다.

금전.문제뿐만 아니라 성 착취와 성폭행 사건 등이 너무도 빈번히 보도되곤 했던 것이다.

분명 종교이건만 너무도 이기적이고, 교활하며, 일방적이고, 탐욕스러우며, 뻔뻔하기 이를 데 없다.

현수가 이 종교에 내린 평가는 '교화 불가능' 이다.

고쳐서 쓸 수 없으면 폐기(廢棄)가 정답이다. 하여 관련자 전부를 신속히 폐사시키라는 명령을 내린 바 있다.

폐사(斃死)의 폐(斃)는 '넘어져 죽다, 고꾸라져 죽다' 라는 뜻을 가진 한자이다.

아주 비참하고, 끔찍하게 죽었을 때 사용하는데 역적이나 흉악범, 또는 악인이 죽었을 때 이렇게 표현했다.

---

11) 완악하다 : 성질이 억세게 고집스럽고 사납다

현수는 문제가 된 종교가 사회에 끼친 해악이 너무나 크다고 판단했던 것이다.

과학이 발달된 세상이긴 하지만 세상의 모든 진리가 다 밝혀진 것은 아니다.

하여 가끔은 인간의 인지 능력 밖의 일이 일어나기도 한다. 사람들은 그것을 보고 신기해하는 것으로 그치지 않는다.

어떤 의미가 있지 않을까 생각하곤 하였다.

예를 들어, 조선시대에는 일식(日蝕)이 일어나면 하늘의 경고라 생각하여 구식례(救食禮)를 지냈다.

이때 임금이 일식과의 전쟁을 한다고 생각한 각 관청에서는 관리들이 소복을 입은 채 북을 쳐서 이기기를 응원했다.

지금 생각해 보면 코미디나 다름없는 일이다.

어쨌거나 과학적으로 설명할 수 없는 현상이 빚어지면 특정 개인이나 집단이 나서서 '신의 대리인'을 자처하곤 한다.

무지몽매한 나머지는 모든 것이 신의 뜻이라는 데 별 의심을 가지지 않는다.

신의 대리인을 자처한 사기꾼들은 특정현상을 그럴듯하게 포장하여 상업화했고, 나아가 권력화하였다.

신을 한 번도 보지 못한 사람들이 신의 이름을 이용해 이득을 취하는 행태는 전 세계에 널려 있다.

한국은 특히 더하다.

이번에 작살난 종교는 신의 이름을 팔지만 결국은 자신을 믿으라는 개소리를 지껄였다. 그래 놓고는 신자들의 재산을 갈취하고, 성상납과 성희롱, 성추행을 일삼았다.

현수는 현재의 지구에는 신이 없음을 가이아와 데이오로부터 직접 들었다.

따라서 신을 파는 것들은 전원 사기꾼이고 도둑놈이며, 협잡꾼이다.

그리고 이는 신성한 신을 심하게 모독하는 일이다.

한편, 이실리프 제국에선 사기를 살인보다 더 죄질이 나쁜 범죄행위로 규정하고 있다.

하여 신자들에게 사기를 친 것에 대한 처벌로 극악의 고통을 겪다가 뒈지길 원했기에 폐사라는 표현을 쓴 것이다.

아무튼 휴머노이드들은 현수의 뜻을 충실히 따랐다.

현재는 문제를 일으킬 소지가 있었던 인물의 98.3%가 사망했고, 나머지 1.7%도 곧 그 뒤따를 상황이다.

현역은 물론이고, 이미 은퇴한 것들까지 하나도 남김없이 고통의 바다에 던졌으니 아예 씨를 말려버린 셈이다.

아울러 이들이 사용하던 모든 종교관련 시설들을 못 쓰게 만들었다.

소유하던 것은 붕괴시켰고, 임대했던 공간은 귀신 소동이 빚어지거나, 화재가 발생되어 내부가 전소되었다.

이들이 관여된 사업은 모두 중단되었으며, 관계자들의 금융자산은 홀연히 증발해버렸다.

그래서 늘 사회분열을 조장했던 이 종교는 더 이상 대한민국에 발을 붙이지 못하게 되었다.

생기는 족족 제거하고, 붕괴시킬 예정이니 비로소 사회악 하나가 완전히 소멸될 예정인 것이다.

원래는 괜찮았지만 한국에 들어와 괴랄하게 변형되었던 또 하나의 예가 있다.

'노동운동'도 그중 하나라 할 수 있다.

본시 사회적 약자인 노동자들이 회사의 부당한 대우에 대항하여 본인들의 정당한 권리를 주장하고, 이를 누리는 것을 목적으로 만들어진 것이 노동조합이다.

그런데 어떤 회사에서는 작업 중 동영상을 감상한다. 불량품이 발생되든 말든 내놓고 보고 싶은 걸 본다.

이에 와이파이를 차단하자 아주 지랄발광을 했다.

일과시간에 작업과 전혀 관련 없는 동영상을 보는 것이 노동자들의 권리라고 착각하고 있었던 모양이다.

노조 때문에 함부로 해고할 수 없게 되자 일을 하러 출근한 건지 놀러 나온 건지 모를 정도로 근무 태도가 해이해진 작업장도 많다. 하여 나날이 생산효율이 떨어지고 있다. 그래놓고는 별의별 요구를 다 한다.

불경기로 취업난이 심각해지자 본인들의 자식을 우선 채용하라는 말도 안 되는 요구를 했다.

심지어 어떤 작업장은 정규직이 비정규직을 탄압한다.

올해는 수출길이 막혀 실적이 형편없는데 이에 상관없이 전년도 수익의 30%를 성과급으로 지급하라는 요구도 했다.

본인들의 뜻이 관철되지 않으면 생산라인을 세워 회사에 막대한 손해를 입히곤 했다.

그걸 배상한 노조가 있다는 소리는 들어본 바 없다.

이밖에 노조간부 중 일부는 승진과 배치, 납품, 취업청탁 등으로 향응을 제공받거나 뇌물을 받아 챙기기도 한다.

노동자들의 정당한 권리를 찾기 위해 노력한다는 애초의 취지는 안드로메다 저쪽으로 날아간 듯싶다.

그래서 상당수 노동운동을 하는 자들이 에이프릴 증후군에 걸려서 이미 폐사했거나, 곧 그렇게 될 것이다. 양심 없는 개만도 못한 새끼들의 최후이니 불쌍하지 않다.

아무튼 예전의 국회도 본래 취지와 다르게 움직였던 정말 재활용 불가능한 쓰레기들의 집단이었다.

당선 전엔 유권자들의 영원한 종이라며 굽실거리던 것들이 일단 당선되고 나면 안면을 몰수했다.

그때부터는 유권자들의 상전처럼 굴었다.

어찌나 허리와 목이 뻣뻣한지 고개 숙여 예를 갖추는 꼴을 보기 매우 힘들었다.

그러면서도 늘 소모적인 정쟁만 일삼았다.

상대 당이 무엇을 내세우든 무조건 반대부터 하였으니 국회가 제대로 돌아가지 못한 것이다.

하여 입법부 본연의 임무인 입법 활동이 지지부진했다.

다만 국회의원들의 특권에 관련된 법안은 여야의 의견이 잘도 통일되었다. 참으로 후안무치한 개새끼들이었다.

그래서 싸그리 청소했다. 마음 같아선 반쯤 죽을 때까지 팬 뒤 조금씩 비명을 지르다 말라죽는 꼴을 보고 싶었다.

그런데 일손이 부족하여 할 수 없이 데스봇을 투여하거나 변형 캔서봇을 심었던 것이다. 그러지 않았다면 살을 조금씩 저며서 비명을 지르다 뒈지는 꼴을 생중계했을 것이다.

아무튼 이전의 대한민국 국회는 늘 삐걱거렸다.

그리고 뭐 하나 제대로 되는 게 없어 보이는 와중에도 각종 이권(利權)에 개입하여 본인 재산을 늘리는 데 열중했다.

때려죽여도 시원치 않을 것들이 우글거렸던 것이다.

다행히 새 국회는 많이 다른 듯 하지만 언제 또 그렇게 될지 아무도 모른다.

1993년에 개봉한 '투캅스' 라는 영화가 있다. 안성기 배우가 선임 역을, 박중훈 배우는 신참 역을 맡았다.

선임은 만악의 근원인 비리 형사이고, 경찰학교를 수석으로 졸업한 신참은 청렴하며, 패기만만했다.

그런데 시간이 흐르자 신참은 삥 뜯기에 맛을 들였고, 우연히 입수한 마약을 마약상에 넘기려 들었다.

선임과 같이 다니는 동안 물들었는데 훨씬 더 막장이 된 것이다. 근주자적, 근묵자흑이라는 말이 딱 맞아 떨어진다.

도장 찍을 때 쓰는 인주(印朱) 가까이 있는 놈은 어딘가에 붉은 얼룩이 있고, 붓글씨에 사용하는 먹물을 가까이 하면 검은 얼룩이 있을 것이라는 말이다.

이 영화는 현실에도 그대로 적용된다.

누군가의 이야기에 따르면 패기만만하고 청렴하던 초선 국회의원이 부패하는 데 딱 7개월이 걸린다고 하였다.

많이 봐줘서 이렇지 실제로는 7주일도 안 걸렸을 것이다.

'외국어를 배울 때 먼저 배우게 되는 것이 욕'이라는 말이 있듯 국회의원이 되면 못된 짓부터 배우게 되는 모양이다.

그런데 앞으로는 그러다가 큰일 난다.

허튼짓하다 도로시에게 걸리면 곧바로 에이프릴 증후군에 걸려 패가망신하게 되는 것이다.

'그래서 국회에서 공무원 수를 어떻게 경감시킨대?'

'작년에 퇴직이 많았는데 충원하지 않는 것부터 시작해요.'

'부정부패와 연루되어 처벌받은 것들 말하는 거지?'

'네! 그 숫자가 상당히 많았어요. 특히 법무부와 행정안전부 쪽이 많이 줄었어요. 국방부도 상당하구요.'

'국토부와 여성가족부 등 나머지 행정기관에서도 상당수가 자리를 내놓고 물러났어요.'

부정부패와 연루되었던 자들이 에이프릴 증후군으로 인해

자살하거나 폐사한 덕분이다.

'그래서? 그 자리는 내부 승진으로 채운대?'

'승진할 만한 일을 했으면 그러겠지만 당분간은 현직 유지죠. 다만 새로 뽑는 인원을 최소화한대요.'

'신입을 안 뽑는다고?'

'네! 올해의 충원 계획은 전면 취소되었어요.'

'그럼? 일선창구 쪽은 충원이 되어야 하는 거 아냐?'

'그건 공익근무요원들을 활용하겠대요.'

'창구 업무를 몽땅 공익에게 맡긴다고?'

'아뇨! 전부는 아니에요. 그럴 수 없는 업무가 있으니까요. 그리고 업무교육을 하면 충분히 가능한 일이 많답니다.'

'그래, 공무원들이 하는 일이 다 특별한 건 아니니까.'

'그래서 단순 업무와 문제 발생 소지가 적은 업무는 전부 공익에게 맡기는 걸로 의결했어요.'

'그럼 이미 결정이 난 거야?'

'네! 그렇게 해서 공무원 숫자를 현재의 절반 이하로 대폭 줄일 생각이래요.'

자질이 다른 사람들이 국회에 입성하게 되니 확실히 하는 일이 다르다. 마음에 들었다.

'그리고 공무원 윤리강령 일부를 수정했어요.'

'……?'

'민원인들이 급여를 제공하는 고용주라 인식하고 친절을

기본으로 하는 것이 골자입니다.'

'일부의 불친절하고 고압적인 태도가 고쳐지겠군.'

'네! 그래서 민원인들에게 인사고과에 중대한 영향을 끼치는 평가를 의무화했어요.'

'민원인이 공무원을 평가해?'

'네! 주민센터나 구청 등 관공서를 방문했을 때 업무를 담당했던 공무원의 태도에 점수를 매기는 거예요.'

'그거 역갑질 우려가 있는 거 몰라?'

'제가 그걸 왜 모르겠어요? 그래서 그런 부당한 행위를 한 민원인에 대한 처벌을 어찌해야 할지 여쭙는 거예요.'

'나한테…?'

'네! 폐하께선 지극히 현명할 뿐만 아니라 정의롭고, 공정하면서도, 늘 객관적이시잖아요.'

'……!'

대놓고 하는 상찬이긴 한데 뭐 하나 틀린 말은 없다.

'어떻게 하는 걸로 할까요?'

'흐음! 역갑질이라…? 만일 그런 인간이 있다면 정도에 따라 데스봇 레벨1이나 레벨2로 처벌해.'

레벨1은 지독한 몸살감기에 걸린 듯한 근육통을 느끼게 하는 것이다. 통증을 완화시킬 약은 Y-메디슨에서 제조 예정인 초강력 진통제 DM(Divine Mercy)뿐이다.

레벨2는 근육통에 근(筋) 감소를 추가한 것이다.

국회가 일을 한다

5년 안에 거의 모든 근육이 줄어들어 일어서는 것조차 힘들게 되고, 합병증이 생기면 쉽게 사망한다.

레벨2로 처벌받는 것들은 이기적 또는 악의적이며, 싸가지가 없고, 거의 100% 양심불량이다.

경험상 인간의 본성은 고쳐지기 어렵다는 것을 알기에 5년 정도만 더 살라는 뜻이다.

'네! 지시대로 할게요.'

이로서 사회를 좀먹는 것들의 운명이 정해졌다.

남들 마음을 불편하게 하면 평생 그에 합당한 고통을 겪고, 심한 것들은 수명이 왕창 줄어든다.

처음엔 모르겠지만 왠지 힘이 빠진다 싶어 동네 의원을 가면 중증근무력증을 진단할 것이다.

약이 없을 뿐만 아니라 개선된 사람조차 없으니 그때부터는 죽음의 공포에 시달리면서 살게 될 것이다.

누군가에게 재수 없게 굴었던 것에 대한 처벌이니 사망 즉시 영혼 말살이다. 다시 안 태어나는 것이 여럿을 위한 일이므로 그럴 기회조차 박탈하는 것이다.

어쨌거나 공무원 수를 왕창 줄인다고 한다.

이제까지의 한국 사회를 보면 시극히 권장할 만한 일이다. 그렇기에 고개를 끄덕여 그래도 좋다는 뜻을 표했다.

이를 본 도로시는 즉각 새로 선출된 국회의원들에게 이메일을 발송한다. 각자에겐 본인의 가장 중요한 후원자로 인식되는 닉네임으로 발송된 메일이다.

절반 이하로 공무원 수를 줄이는 것을 적극 찬성하며, 군인연금과 공무원연금법 등을 개정하여 국민연금과 통폐합하는 것이 좋겠다는 의견이 담겨 있다.

이에 대한 각종 자료가 첨부되어 있다.

통폐합을 했을 때의 순기능과 저항을 설명한 자료이다. 일부 내용을 요약하면 다음과 같다.

공무원연금과 군인연금을 없애겠다고 하면 보나마나 입에 거품을 물고 지랄 발광할 것들이 있다.

예전엔 군인과 공무원 급여가 사기업보다 적었다. 이에 대한 보상차원에서 만든 제도가 군인연금과 공무원연금이다.

공무원 수가 절반 이하로 줄어 재정 여유가 생기면 군인과 공무원의 급여 체계를 사기업과 동등하게 올린다.

이렇게 되면 굳이 따로 구분할 필요가 없다.

하여 군인연금과 공무원연금 제도를 폐지하고 일괄 국민연금으로 전환하라는 것이 그 내용이다.

이미 연금 수령이 개시된 자들에겐 국민연금과의 형평성에 맞춰 연금을 지급하는 것이 옳다.

예를 들어, 군인들은 19세에 입대하여 39세에 전역하면 퇴직 직후부터 연금이 지급된다.

이를 국민연금과 마찬가지로 언제 퇴직하든 65세부터 연금을 수령하는 것으로 개혁하라고 하였다.

만일 거품을 물고 지랄 발광하는 것들이 있다면 에이프릴 중후군에 걸려서 일찍 사망하는 수가 있을 것이다.
내친김에 사립학교 교직원연금도 마찬가지로 폐지한 후 국민연금에 편입시키는 것이 좋겠다는 의견을 냈다.

다음으로 국회의원의 면책특권 관련 법안 수정에 대한 의견을 보냈다. 대한민국 헌법 제45조의 내용은 다음과 같다.

국회의원이 본회의 또는 위원회에서 행한 발언이 설사 제삼자의 명예를 해치는 경우가 있더라도 형사상의 책임은 물론, 민사상의 책임도 지지 않는다.
이때 적시된 사실이 진실인지, 또 진실이라고 믿은 데 상당한 이유가 있는지, 또는 비방의 목적이 있는지 여부와는 상관없다.
단 허위임을 인식한 상태에서 허위 사실을 적시하여 명예를 훼손하거나 직무와 관련이 없는 경우는 예외이다.

이 무슨 개 짖는 소리만도 못한 말인가!
국회의원은 언제든 거짓말을 마음대로 지껄여도 된다는 뜻이다. 하여 이 내용을 개정토록 요구했다.

국회의원이 본회의 또는 위원회에서 행한 발언은 늘 진실해야 한다. 만일 사실이 아닌 것을 언급한 것이 밝혀지면 즉각 의원직을 박탈한다.

아울러 거짓된 발언에 의해 발생된 피해 내지 손해의 정도에 따라 10년 이상의 징역형에 처한다.

복역기간 내에는 하루 6시간 이상 중노동이 필수이며, 어떠한 경우라도 사면될 수 없다. 또한 가석방과 감형 대상이 될 수 없고, 재심을 청구할 자격이 주어지지 않는다.

형사책임이 있는 경우엔 그 형량만큼 가중된다.

민사상 배상책임이 있는 상황이면 형(刑)이 확정되는 즉시 국회의원 본인의 개인재산을 공매하여 지불토록 한다.

배상액이 부족한 경우 차액만큼 수형기간이 늘어난다. 기준은 형 확정 당시의 일용근로자의 일당이다.

수형자가 복역 중 사망할 경우엔 형기가 만료되는 기간까지 교도소 내부에 마련된 봉안시설에 안치된다.

진실 되지 않은 발언으로 처벌받은 자는 형을 마치더라도 영구히 피선거권이 박탈된다.

이 법안은 국회의원이더라도 헛짓거리를 하면 곧바로 패가망신할 것을 각오해야 한다는 뜻이다.

국가에 본인의 재능, 경험, 지식으로 봉사하기 위해 출마했으면 끝까지 청렴하고, 정정당당하라는 의미로 법안을 개정하라고 하였다.

문제가 없는 국회의원들은 이전과 달리 사회의 존경을 받는 인사가 된다. 많은 특권이 삭제되어 특별한 권력은 없지만 알아서 추앙받게 되는 것이다.

Chapter 10
—
고자질

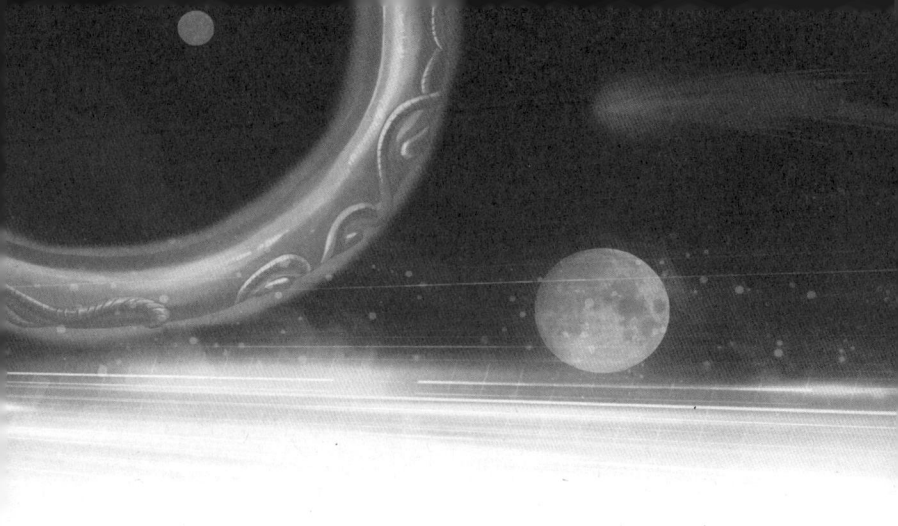

종교 관련 특혜 회수에 관한 내용도 있다. 다음은 그 내용 중 일부이다.

모든 종교단체는 재산세와 종부세 등 일반 국민과 기업들이 내는 모든 세금을 그대로 적용토록 한다.
아울러 소위 성직자라 불리는 종교인의 수입 전부를 근로소득으로 간주하여 세금을 징수한다.
헌금에 대한 세금은 걷지 않지만 회계를 투명하게 하여야 하며, 매 2년마다 외부감사를 받아야 한다.
회계감사는 관할세무서가 무작위 추첨으로 지정한다.

감사 결과 부정이 발견될 경우 정도에 따라 종교단체 해산과 더불어 모든 재산이 몰수되어 국고에 귀속될 수 있다.

어떤 명목으로든 탈세를 결코 용납지 않겠다는 뜻이다.

감사 추첨은 뇌물이나 담합 등 부정을 사전에 차단하려는 의도이다. 도로시가 만든 프로그램을 사용하므로 원리원칙대로 장부를 들여다보는 회계사가 지정된다.

그리고 감사에 앞서 해당 종교단체의 진짜 장부가 전송된다. 도로시가 작성한 매우 꼼꼼한 회계장부이다.

따라서 종교단체가 임의로 기록한 가짜 장부를 제출해 봐야 대번에 발각된다.

이러면 가중 처벌되어 세율이 올라가며, 별도의 벌금이 매겨진다. 아울러 회계 책임자는 구속된다.

그러는 동안 은닉해둔 금융자산이 있다면 전부 몰수한다.

현금으로 쌓아두고 있다면 휴머노이드를 파견하여 몽땅 가져오게 한다.

이후 관련자 전원 데스봇 레벨2로 처벌된다. 법률에 의한 처벌 이외의 별도 처벌이 추가되는 것이다.

있지도 않은 신을 팔아서 편하게 살았다면 지극히 양심적이기라도 해야 한다. 그런데 꼼수를 부려 탈세를 하거나 축재를 하는 걸 어찌 두고 보겠는가!

콩고민주공화국이나 슬라브 3국의 접경지대, 그리고 한반도 이북 지역에 자리 잡게 되는 이실리프 왕국엔 어떠한 종교도 발을 붙일 수 없다.

발견되는 즉시 재산 몰수 후 알몸으로 무작위 텔레포트 마법진 위에 서게 된다.

이렇게 해서 보내지는 곳은 사자나 악어, 아나콘다 등이 우글거리는 정글이나 습지일 수도 있다.

동장군이 기승을 부리는 시베리아 벌판일 수도 있으며, 용암이 펄펄 끓는 분화구일 수도 있다.

또, 상어들이 우글거리는 바다 혹은 히말라야 산 꼭대기나 남극대륙 한복판일 수도 있다.

모두 인간이 생존하기 힘든 곳들이다.

이실리프 왕국은 개국 선언을 하면서 마약, 도박, 매춘, 흡연, 인신매매, 종교 등이 금지됨을 분명히 한다.

종교가 마약이나 인신매매처럼 나쁘다는 걸 확실하게 인식시키려는 의도이다.

이러한 사전경고를 어기면 선처 없이 One Strike Out된다.

법을 어긴 장본인은 단지 국외로 추방되는 정도인 것으로 알겠지만 곧바로 사망에 이를 확률이 대단히 높다.

국회의원들에게 개정을 요구한 것은 또 있다.

공무원 근무시간에 관한 것이다. 다음은 현행 공무원 복무규정 중 일부이다.

공무원의 1일 근무시간은 오전 9시부터 오후 6시까지로 하며, 점심시간은 낮 12시부터 오후 1시까지로 한다.
다만, 행정기관의 장(長)은 직무의 성질, 지역 또는 기관의 특수성을 고려하여 필요하다고 인정할 때에는 1시간의 범위에서 점심시간을 달리 정하여 운영할 수 있다.

이렇듯 분명히 점심시간이 명기되어 있음에도 일부 공무원들은 12시 훨씬 이전에 밥 먹겠다고 나간다. 그래 놓고는 오후 1시 반이 넘도록 사무실로 복귀하지 않기도 한다.
정시에 나오면 줄을 서서 기다려야 하는 경우가 있어서 일찍 나와 한가히 식사를 하곤 당구를 치거나, 카페에 앉아 수다를 떨고, 개인적 볼일, 또는 온라인 쇼핑 등을 한다.
공무원들이 받는 급여는 전액 국민들이 낸 세금이다.
그런데 근무를 해야 할 시간에 밖에 나가 노닥거리는 것은 국민을 기만하는 행위이다.
다음은 공무원의 수당에 관한 규정 중 일부이다.

소속 공무원이 시간외근무수당을 거짓이나 그 밖의 부정한 방법으로 수령한 경우에는 그 수령액의 2배에 해당하는 금액을 가산하여 징수하고, 1년의 범위에서 위반행위의 적발 횟수에 따라 제1항에 따른 근무명령을 하지 아니한다.

이 경우 지방자치단체장은 위반행위를 3회 이상 적발하였을 때에는 관할 인사위원회에 징계의결을 요구하여야 한다.

이미 퇴근했음에도 부정한 방법으로 근무기록을 허위 입력하여 초과근무수당을 받아가는 것은 분명한 '사기'이다.
따라서 반드시 엄중한 처벌을 받아야 할 것이다. 하여 관련 규정을 다음과 같이 개정하라는 요구를 했다.
참고로, 현수는 사기를 살인보다 더 강력하게 처벌해야 한다고 생각하고 있다. 하여 처벌 수위가 약간 높다.

공무원은 반드시 근무시간을 준수해야 한다. 이를 어길 경우 그에 합당한 불이익이 가해진다.
매월 1일부터 말일 기준으로 정당한 사유 없이 지각(10분 이내)하면 횟수에 따라 1회 경고, 2회 견책, 3회 감봉, 4회 정직, 5회 강등, 6회 해임, 7회 이상 파면으로 처벌된다. 아울러 견책 이상의 처벌을 받으면 진급이 제한된다.
점심시간을 준수하지 않은 경우엔 근무이탈한 시간의 100배를 추가 근무토록 한다. 그리고 이것에 대한 초과근무수당은 지급되지 않는다. 만일 초과근무를 할 수 없을 경우엔 급여에서 시급으로 환산한 금액을 공제한다.
초과근무수당을 거짓이나 기타 부정한 방법으로 수령한 경우에는 그 수령액의 100배에 해당하는 벌금을 징수한다.

자치단체장은 이런 위반행위를 2회 이상 적발하였을 때 반드시 관할 인사위원회에 파면 의결을 요구하여야 한다.

이 법안이 만들어지면 도로시는 전국 모든 공무원들의 근무 상황을 확인하고 기록한다.
그러다 위반사항이 발생되면 즉시 인사위원회에 그 내용을 통보한다. 당연히 확실한 증거가 첨부된다.
고자질로 공무원 사회에 경종을 울리고자 함이다. 아울러 함량 미달을 걸러내기 위함이다.

출근 시각, 점심시간, 그리고 퇴근 시각 확인은 모든 상장사에도 적용된다.
자동차를 제조하는 모 회사에선 구내식당 태그 시스템을 도입했다. 사원증을 태그 해야 출입할 수 있게 한 것이다.
하루에 몇 명이 식사를 하는지, 어느 시간에 몰리는지 통계를 내고, 이에 맞춰 음식 재료 등을 준비하려고 함이다.
딱 맞춰서 준비하면 남는 음식이 적을 것은 자명하다.
2016년 한 해에 대한민국에서 버려진 음식물 쓰레기의 양은 하루 평균 약 1만 4,389톤이었다. 분리 배출되지 않은 것까지 고려하면 1만 5,680톤 정도로 추산된다.
실로 어마어마한 양이다.
한편, 2016 회계연도 북한의 식량 수요량은 549만 5,000톤이었고, 생산량은 480만 1,000톤으로 추정된다.

식량 59만 4,000톤 정도가 부족했다는 뜻이다.

통일부가 국회 외교통일위원회에 제출한 이 자료는 유엔식량농업기구(FAO)와 세계식량계획(WFP)을 인용한 것이다.

그런데 남한에서 버려진 음식물 쓰레기양이 525만 1,985톤이다. 북한 전체를 다 먹일 정도이다.

음식물 쓰레기는 1톤당 약 18만 원의 처리 비용이 든다.

따라서 분리 배출된 것만 처리하는 비용이 연간 약 9,450억 원가량 소요되었다.

지난해엔 실업률이 상당히 높았는데 연봉 5,000만 정도인 근로자 2만 명 정도를 고용할 수 있는 돈이다.

구내식당 태그 시스템을 도입한 것은 무분별하게 버려지는 음식물 쓰레기양을 줄이는 한편 구내식당 운영비용 또한 절감하기 위함이었다.

그런데 노조 측에서 대놓고 지랄 발광했다.

구내식당을 드나들 때 사원증을 태그하면 출입시각이 기록된다. 이렇게 되면 개인의 동선을 파악할 수 있다. 근무처에서 식당까지 이동하는 시간을 계산할 수 있기 때문이다.

정해진 점심시간 이전에 식당에 도착했다는 것은 무단 근무이탈을 의미한다.

사측이 이런 것을 알게 되는 것은 심히 부당한 일이니 즉각 폐기되어야 한다고 떠든 것이다.

이 회사의 퇴근 시각은 오후 6시이다.

그런데 5시 50분이 되면 정문 앞을 꽉 메울 정도로 오토바이들이 도열한다.

6시 정각이 되면 나가려고 미리 손 털고 나온 것이다.

점심시간이 되기 20분 전부터 줄을 서서 기다리는 것과 마감시간 이전에 오토바이에 올라타 문 열리기를 기다리는 것은 도둑질이나 다름없다.

근로자에게 주어지는 연봉은 오전 9부터 오후 6시까지 근무하는 것을 기준으로 책정된 것이기 때문이다.

이런 못된 버르장머리는 반드시 고쳐야 한다. 받은 만큼 일을 하는 것이 당연하기 때문이다.

이를 일거에 고치기 위해 모든 상장사에 태그 시스템을 도입하도록 했다. 그리고 정해진 시각에 출근하지 않거나, 미리 근무지를 이탈하는 행위는 인사고과에 반영된다.

이는 다음 해 연봉 협상 자료로 활용되고, 그 정도나 빈도에 따라 견책, 정직, 감봉, 면직, 해고 또는 파면의 사유가 되도록 사규를 수정토록 했다.

만일 이를 거부하거나 방해하는 자가 있다면 향후 애로사항이 엄청 많을 예정이다.

어쩌면 에이프릴 증후군에 걸려서 자발적인 퇴사를 선택한 후 비명을 지르다 뒈질 수도 있다.

근로자라 하여 무조건 보호하고 위해주는 시대는 지났다.

회사는 법률이 정한 수준만 배려하면 된다. 그리고 근거 없는 몽니를 부리는 것은 이제 허용되지 않는다.

"아! 알파고가 또 장고에 들어간 모양입니다."
시간이 흘러 대국은 후반부로 접어들었다. 현수는 무표정한 얼굴로 바둑판을 들여다보고 있다.
그의 앞에서 알파고를 대신하여 돌을 놓는 알파고 개발자의 표정은 일그러져 있다. 여러 번의 장고 때문에 알파고에게 주어진 시간이 자꾸 흐르기 때문이다.
"이번엔 또 어떤 수를 놓을지 자못 기대됩니다. 윤 9단은 알파고의 다음 수가 어디라고 생각하십니까?"
"지금 저 상황에선 여기, 그리고 여기를 생각해 볼 수 있습니다. 그래도 열세를 만회하긴 힘들 것 같네요. 한 마디로 난국입니다, 난국!"
"오늘 대국의 결과는 어찌 예상하시는지요?"
"알파고가 하인스 킴 대표의 묘수 같은 수를 내지 못한다면 이번 대국도 이기기 힘들지 않을까 생각합니다. 아! 이건 전적으로 제 사견입니다."
"그렇군요. 사적으론 저도 윤 9단의 의견에 동의합니다. 아! 초읽기에 들어갑니다."
"네, 시간이 거의 다 되었죠."
해설자들이 대화를 주고받는 동안에도 돌은 놓아지지 않

왔다. 잠시 후 시간 초과로 대국이 끝났다.

계가를 했고, 현수의 9집 승이라는 발표가 있었다.

같은 시각, 크렘린궁 대통령 침실에서 노트북으로 대국을 확인하던 푸틴이 두 손을 번쩍 들며 소리친다.

"Ypa~!"

러시아어로 '만세' 라는 뜻이다.

"뭐가 그렇게 좋아서 그래요?"

곁에서 책을 읽고 있었던 알리나 카바예바가 물 잔을 들고 서 있다. 언제 일어나서 냉장고까지 갔다 왔는지 모른다.

대국에 온 신경을 집중시키고 있었던 때문이다.

지금으로부터 약 20분 전, 해설자들의 대화가 있었다.

"여기 이 점에 돌을 놓으면 알파고는 여기를 막을 수밖에 없어요. 그럼 하인스 킴 대표가 12집 승입니다."

"네, 그렇죠. 자아, 어디에 둘까요? 어…?"

"아! 이건 예상외네요. 그런데 왜 여기에 두었을까요?"

"글쎄요, 흐으음…!"

해설자 하나가 눈을 가늘게 뜨고 화면을 살핀다. 그렇게 약 10초의 시간이 흘렀다.

아무런 소리가 없었으니 방송 사고라 할 만한 시간이지만 아무도 그렇게 생각하지 않는다.

조금 전에 지금부터 두는 한 수 한 수는 몇 집 승인지를 결정할 것이라는 해설을 했던 때문이다.

누가 이기느냐는 건 이미 판가름 되었다. 하인스 킴이 11연승을 이어가는 것은 확정적이다. 그렇다면 몇 수에 끝이 나는지와 몇 집 차이로 이기느냐는 문제가 남는다.

하인스 킴의 승리는 고작 11배 배당이다.

몇 수에 끝나는지는 최하가 300배 이상이다. 알파고가 장고를 많이 하여 착수한 수가 그리 많지 않기 때문이다.

몇 집 차이냐는 것도 그렇다.

7집 승 385배, 8집 승 416배, 9집 승 512배, 10집은 358배, 11집 477배, 12집 744배 등이다.

조금 전 12집 승에 돈을 걸었던 사람들 모두 자리에서 벌떡 일어났다.

100달러를 걸었다면 7만 4,400달러를 받게 된다.

한화로 약 8,750만 원이나 되는 거금이다.

관련법 미비로 이번에도 세금 한 푼 떼지 못하는 순수입이니 연봉 1억 원인 직장인의 1년 수입과 맞먹는다.

그러니 숨죽인 채 대국 장면에 집중했다. 그런데 해설자가 말했던 곳과 다른 곳에 돌을 놓았다.

그리고 해설자들이 입을 다물었다. 약 10초였지만 엄청 긴 시간처럼 느껴졌을 것이다.

"아! 알겠습니다. 하인스 킴 대표는 또 다른 집을 공략한 것 같습니다. 아주 공격적이네요."

"네, 제 생각에도 그러네요. 흐음! 이렇게 되면 14집 이상으로 차이가 벌어질 것 같습니다."

해설자의 말 떨어지기 무섭게 14집에 건 사람들이 자리에서 일어섰다.

13집은 811배, 14집은 1,075배가 배당된다.

하인스 킴이 10연승을 거두고 있지만 알파고는 결코 만만한 상대가 아니다.

따라서 이만한 차이로 이길 확률은 매우 낮다.

14집 차이라면 100달러를 걸었을 때 10만 7,500달러를 받는다. 한화로 1억 2,639만 원가량이다.

이는 연봉 1억 7,750만 원인 직장인의 1년 치 수입이다.

대국에 집중하고 있던 푸틴은 이맛살을 찌푸렸다.

현수만 믿고 9집 승에 몰빵 했는데 12집 아니면 14집이라는 말을 들었기 때문이다.

아무튼 그러고 나서 시간이 흘렀다. 그리고 알파고의 시간 초과로 대국이 끝났다.

최종 결과는 현수의 9집 승이다.

전혀 기대하지 않던 소가 제 발로 외양간으로 들어온 기분이다. 하여 저도 모르게 만세를 외쳤던 것이다.

알리나 카바예바는 속살이 훤히 비치는 하늘하늘한 침의를 걸치고 있다. 안에는 화려한 문양의 란제리를 입고 있다.

3월이 산달이라 배가 불룩하긴 하지만 그래도 미모가 어디

가겠는가! 오늘따라 매우 고혹적인 모습이다.

"하인스가 이겼어."

"에? 바둑이 그렇게 재미있어요? 바둑 두는 걸 한 번도 못 봤는데. 난 그거 이해가 안 돼서 재미없는걸요."

"응! 아무튼 하인스가 이겼어. 하하! 하하하!"

"그렇게 좋아요?"

"응! 그 친구는 승승장구해야 해. 우리 러시아에 더할 수 없는 귀빈이거든."

"그래요? 그나저나 안 자요? 벌써 2시가 다 되어 가요."

"응! 자야지. 그럼, 자야 하고말고."

"네에."

"근데 그 전에 우리 둘이 할 일이 있지 않을까?"

"…! 으이그, 짐승."

"하하! 짐승이라 불러도 좋아. 이리 와봐."

잠시 후 크렘린궁 침실에서 열풍이 불었다.

오늘따라 푸틴은 더욱 절륜했다.

하여 알리나 카바예바는 폭풍우에 휘말린 조각배처럼 흔들리다가 끝내 절정 앞에 무릎을 꿇어야 했다.

"하아! 하아! 당신 미쳤어요."

"그래서 싫어?"

푸틴의 능글맞은 미소에 카바예바는 입술을 삐죽인다.

"피이…! 너무 좋아서 그러죠."

요즘의 푸틴은 매우 혈기왕성하다.

E-G로 인해 신체의 모든 기능이 청년 시절로 되돌아간 것도 원인 중 하나이다.

지난 11월에 현수로부터 검은 가방 하나가 배달되어 왔다. 15개의 작은 플라스크가 담긴 것이다.

하루에 하나씩 자기 전에 마시라는 설명서가 있었는데 이를 다 복용하고 나면 '침실의 제왕이 된다'고 쓰여 있었다.

이를 본 푸틴은 피식 웃음을 지었다. 말은 그럴듯하지만 실제로 그럴까 싶었던 것이다.

아무튼 다른 사람이 보냈다면 그중 하나의 성분 분석부터 지시했을 것이다. 정적(政敵)이 너무 많아서 독극물 검사가 필수이기 때문이다.

그런데 이를 가져온 사람이 하인스 킴의 최측근 경호원인 신일호였다. 의심할 이유가 없었기에 바로 복용했다.

현수는 푸틴뿐만 아니라 메드베데프에게도 같은 걸 보냈다. 바이롯 성분에 회복 포션을 추가한 것이다.

15병을 모두 마시면 발기부전으로부터 완전히 해방될 뿐만 아니라 절륜한 정력을 갖는다.

회복 포션 성분이 있기에 매일 밤 거사를 처러도 신체에 큰 무리가 가지 않으며, 효과는 약 1년간 지속된다.

알리나 카바예바는 한 달쯤 전부터 푸틴이 달라졌음을 느꼈다. 이전에 비해 훨씬 굵고, 강직할 뿐만 아니라 지치지 않는 준마처럼 달리기 시작한 것이다.

하여 어떤 날엔 2회전, 3회전까지 치렀기에 금방 곯아떨어질 수밖에 없었다.

그럼에도 다음 날 일과에 거의 지장이 없는 것 같다. 하여 얼마나 좋은 걸 먹었기에 짐승이 되었느냐고 물었다.

이에 대한 푸틴의 대답은 희미한 미소였다.

어쨌든 요즘은 밤이 즐겁고, 행복한 시절이다. 하여 하루 종일 흐뭇한 미소를 지으며 살고 있다.

임신을 하면 다소 까칠해지곤 하는데 전혀 그러지 않는 것이 그에 대한 방증(傍證)[12]이다.

한편, 메드베데프 부부도 사정은 비슷하다.

심각한 골다공증 때문에 고생하던 스베틀라나 여사도 E—G를 복용하였고, 초기 당뇨로 인한 망막 혈관질환이 있던 메드베데프는 E—Y 복용 후 정상이 되었다.

그러던 차에 당도한 바이롯 15병은 이들 부부를 신혼 시절로 강제 환송시켰다. 거의 매일 밤 열풍이 불었고, 둘의 금슬은 점점 더 좋아졌다.

메드베데프는 푸틴보다 젊다. 그래서 그런지 더한 짐승이 되어 밤의 침실을 지배하고 있다.

하여 스베틀라나 여사는 매일 밤 에이프릴 중후군에 걸린 것처럼 비명과 신음을 내느라 바쁘시다.

---

[12] 방증(傍證) : 사실을 직접 증명할 수 있는 증거가 되지는 않지만, 주변의 상황을 밝힘으로써 간접적으로 증명에 도움을 줌. 또는 그 증거

푸틴의 침실에서 2회전이 벌어질 때 아델리나 다닐로바 명의로 개설된 스위스 은행으로 거액이 송금되었다.

수수료를 선취한 금액은 1조 137억 6,000만 원이다..

푸틴이 애초의 생각대로 이 돈을 아델리나의 지참금으로 선물할지는 두고 보아야 할 일이다.

현수는 지윤과 더불어 저녁식사를 마치고 산책까지 했다. 오늘도 동침을 요구했지만 연습을 핑계 댔다.

지윤은 본인의 데뷔탕트 무대 때 멋진 연주를 기억하고 있다. 지난번 연주는 비공식이지만 이번은 공식이다.

그러니 연습해야 한다는 말에 고개를 끄덕였다. 이런 걸 보면 성품도 참 좋다.

하여 돌려 세우곤 짧은 입맞춤으로 달래서 보냈다.

그러곤 곧장 소파에 앉아 고즈넉한 바깥 풍경을 즐겼다. 오늘은 구름이 많이 끼어 어둠이 더 빨리 내렸다.

그러던 어느 순간 문득 이상한 느낌이 들었다.

'도로시! 내 몸 상태는 모니터링 하고 있지?'

'그럼요! 왜요? 어디 불편하세요?'

'으음! 왠지 이상하게 조금 답답한 느낌이야.'

마치 두꺼운 갑옷을 입어서 움직임이 둔해진 상태처럼 느껴지고 있었던 것이다. 이런 경험은 최근 2,900여 년 동안 한 번도 없었기에 기분이 매우 이상했다.

'아! 잠시만요…'

도로시가 침묵한 것은 약 10초 정도이다.

'방금 874가지 검사를 실시했어요. 그럼에도 전혀 이상을 찾을 수 없었어요. 근데 아직도 이상하세요?'

'그래! 여전히 그래. 오늘 내가 무리했나?'

하루를 반추해 보았지만 슈퍼마스터의 신체에 무리가 갈 일은 전혀 없다.

하루 종일 삽질이나 곡괭이질을 해도 끄떡없을 몸이다.

군대를 다녀온 사람이면 모두 이를 갈 만한 PT체조 8번 온몸 비틀기를 24시간 내내 해도 까딱없다.

그런데 그런 일 전혀 없었음에도 뭔가 좀 이상하다.

'흐음! 왜 이러지? 뭐지? 왜 이럴까?'

고개를 갸웃거렸지만 답답한 기분은 바뀌지 않았다. 하여 객실 창문을 활짝 열었다.

덥고 습한 공기가 훅 하고 밀려든다. 서울과 달리 공기는 맑다. 그리고 고층인지라 모기를 걱정하지 않아도 된다.

소파로 돌아와 다시 자리에 앉았지만 여전히 익숙하지 않은 느낌 때문에 고개를 갸웃거린다.

'뭐지? 차암, 이상하네.'

고개를 갸웃거리는 동안 도로시는 다시 한 번 현수의 신체 전반을 세세히 스캔했다.

'추가로 441가지 항목을 테스트했지만 폐하의 신체는 여전

히 완전한 상태예요.'

'그래? 그럼 기분 때문인가?'

'무슨 기분이요?'

아까 대국을 하던 중 도로시와의 대화에 잠깐 정신이 팔려 무의식적으로 돌을 놓으려다 멈칫했었다.

그대로 내려놓았다면 신의를 잃을 뻔했던 순간이다. 해설자들이 이곳에 두면 12집 차라고 했던 바로 그 수이다.

순간적으로 정신을 차렸고, 다른 곳에 착점했다. 해설자들이 보기엔 14집 승으로 보였던 바로 그 수이다.

두려던 곳에 두면 꼼짝없이 12집 차이로 이길 수밖에 없었지만 그곳에 둠으로써 의도했던 9집 승으로 끝났다.

사람들은 모르겠지만 천하의 알파고도 현수 앞에선 평범할 뿐이다. 얼마든지 설계한 대로 끌고 다닐 수 있다.

어제는 10집 승, 오늘은 9집 승이다.

3국은 8집, 4국 7집, 5국은 6집 승으로 끝낼 예정이다.

이후엔 6, 7, 8, 9, 그리고 최종대국은 10집 승으로 대미를 장식할 생각이다.

눈치 빠른 자는 베팅을 통해 돈을 벌 수도 있을 것이다. 하지만 그러긴 어렵다. 상대가 알파고이기 때문이다.

구글은 칼을 갈고 나섰음에도 내리 2연패를 당하자 개발자들을 몽땅 집합시켰다.

그러곤 원인 파악에 몰두하고 있다. 내일의 대국 이전에 어떻게든 업그레이드를 하여 창피를 모면하기 위함이다.

어쨌거나 11연승을 한 그 순간 전 세계 모든 방송이 이를 보도하였다.

그러곤 도박 사이트 홈페이지로 몰려들었다.

누군지는 밝히지 않지만 어느 나라로 얼마만 한 돈이 가는지 그 목록이 업데이트되기 때문이다.

어제 10승을 맞춘 사람은 6,889명이나 된다. 대부분 소액베팅이었고, 모두 17배를 배당 받았다.

오늘 9집 승을 맞춘 사람은 16명밖에 되지 않는다.

제1국이 끝난 후 소위 전문가라 불리는 각국의 프로기사들은 제2국은 백중세가 될 것이라 하였다.

아울러, 누가 이기든 한 집 아니면 두 집 승부가 될 것이라고 예언한 것이 큰 영향을 끼쳤다.

언제나 그러하듯 '좆문가'들의 설레발은 믿을 게 못 된다.

그럼에도 사람들은 또 이 말을 믿어 의심치 않는다. 하여 대부분이 네 집 이내의 승리에 베팅했다.

그렇기에 9집 승의 배당률이 무려 512배로 뛴 것이다.

Chapter 11

—

드디어!

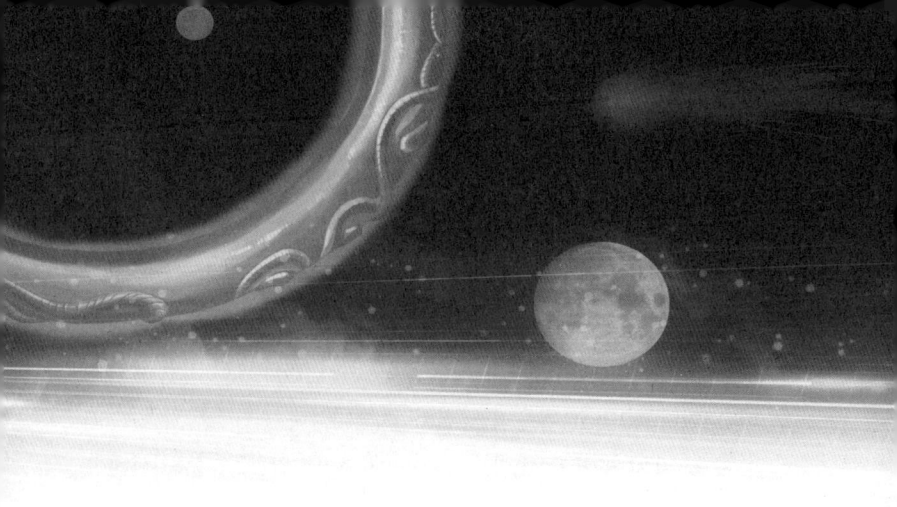

　당첨자를 보면 한국, 미국, 네덜란드, 필리핀, 인도네시아, 네팔, 사우디아라비아, 에티오피아, 예멘이 각 1명이고, 프랑스와 러시아 2명, 몽골이 3명이다.
　배당률을 보면 알 수 있듯 대부분 소액 베팅이다. 딸 확률보다 잃을 확률이 훨씬 높았으니 당연한 일이다.
　하여 9집 승에 베팅했어도 엄청나게 큰돈이 못 되었다.
　러시아의 당첨자 2명 중 하나도 그렇다.
　겨우 2달러를 걸었고, 1,024달러를 배당 받았다. 아마도 돈을 더 걸었어야 한다는 생각에 잠을 이루지 못할 것이다.
　집을 팔아서 걸었다면 엄청나게 큰 부자가 될 수 있었는데 절호의 기회를 놓친 셈이기 때문이다.

그런데 나머지 하나의 배당금이 무지막지했다. 약 8억 7,100만 달러이다. 거의 독식한 셈이다.

지난해 1월, 미국 복권 역사상 최대 당첨금 기록이 경신되었다. 메가밀리언이었는데 당첨금이 무려 15억 8,600만 달러나 되었다. 그리고 행운의 당첨자는 셋이었다.

하여 각기 5억 2,866만 달러씩인데 현금 일괄 수령을 선택하면 당첨금의 62%만 지급된다.

이 금액에서 연방세 25%가 또 공제되며, 이듬해 세금 보고를 할 때 추가로 12%를 더 내야 한다.

다음은 주세(州稅) 공제이다. 이건 각주마다 다른데 오하이오(Ohio)주의 경우는 5%를 적용한다.

이를 적용하면 다음이 당첨금 수령액이다.

당첨금		5억 2,866만 달러
일괄수령	62%만 지급	3억 2,777만 달러
연방세	25%+12%	1억 2,127만 달러
주세	5%	1,638만 달러
실 수령액		1억 9,012만 달러

1억 9,012만 달러가 엄청 큰 금액이기는 하지만 당첨금 5억 2,866만 달러에 비하면 왠지 초라하다.

만일 당첨자가 한 명이었다면 얼마를 받았을까?

당첨금		15억 8,600만 달러
일괄수령	62%만 지급	9억 8,332만 달러
연방세	25%+12%	3억 6,382만 달러
주세	5%	4,916만 달러
실 수령액		5억 7,034만 달러

당첨금 15억 8,600만 달러 중 무려 10억 1,566만 달러, 즉 1조 1,940억 원가량을 세금 등으로 강탈하는 것이다.

소득이 있으니 세금을 징수하는 거야 그럴 수 있다지만 그래도 이건 정도가 너무 심하다.

평생에 한 번도 당첨되기 힘든데 펀치기 강도와 맞먹는 강탈을 당하기 때문이다.

아무튼 역대 최고의 당첨금인데 혼자 당첨되었을 경우 한화로 6,705억 7,725만 원을 수령한다.

그런데 아델리나 다닐로바가 수령한 금액은 이의 1.5배가 넘는 1조 137억 6,000만 원이다.

아무튼 러시아에 2명의 당첨자가 있다는 발표를 본 네티즌들은 즉각 수사에 나섰다.

누군지 몰라도 엄청나게 큰돈을 벌었다. 만일 그 사람이 친지라면 어쩌면 부스러기라도 얻어가질 수 있다.

당첨금의 1%만 떼어준다고 해도 한화로 101억 3,760만 원이나 된다.

러시아는 한국보다 부동산 등의 가격이 저렴하다. 따라서 100억 원이면 충분히 인생역전을 하고도 남을 거금이다.

참고로, 2017년 1월 21일에 추첨될 로또복권 738회 1등 당첨자는 11명이고, 당첨금은 16억 3,419만 1,091원이다.

세금을 제한 실수령액은 11억 2,780만 8,030원이다.

이러니 101억 3,760만 원은 로또 1등에 9번 당첨되는 것보다 낫다.

그렇기에 혈안이 되어 사방팔방을 뒤져보지만 끝내 당첨자를 찾을 수는 없을 것이다.

우선 아델리나 다닐로바는 본인이 당첨자라는 사실을 모른다. 설사 안다고 해도 바하마에 있는데 어찌 찾겠는가!

게다가 배당금은 스위스 은행으로 보내졌다.

러시아의 그 어떤 금융기관도 갑작스레 잔고가 늘어난 계좌가 없는 것이다.

마지막으로 스위스 은행은 입이 매우 무겁다. 그리고 아델리나가 당첨자라는 사실은 푸틴 이외에는 알지 못한다.

그런데 러시아의 그 어느 누가 푸틴에게 사실을 말하라고 강요할 수 있겠는가!

설사 그런다 하더라도 말을 해줄 푸틴이 아니다.

하여 러시아의 깊은 밤은 시끌벅적한 가운데 지나고 있다.

한국의 당첨자는 100만 원을 베팅했다.

따라서 배당금이 5억 1,200만 원인데 수수료를 제한 5억 688만 원을 송금 받았다.

지난달에 베팅에 성공하여 43억 6,500만 원이나 배당 받은 바 있는 전직 공시생 하덕현이 이번에도 땄다.

갑자기 거금이 생겼음에도 하덕현은 물 쓰듯이 낭비하는 실수를 범하지 않았다.

로또복권 1등에 당첨되었던 사람들 가운데 끝까지 행복한 사람이 몇 없음을 알게 되었기 때문이다.

그래도 취중에 흥청망청할 수도 있으므로 먼저 주거 안정부터 꾀하였다.

하여 25평짜리 빌라부터 구입했고, 40억 원은 정기예금으로 예치했다.

나머지는 MMF계좌에 입금해놓고 영어학원과 편입학원에 등록했다. 돈 걱정이 사라지자 공부를 더해볼 생각인 것이다.

참 바람직한 청년이다.

그리고 한 번 더 베팅하여 운 좋게 2,354만 6,430원을 배당 받았다. 이 돈 역시 MMF 계좌에 예치했다.

이후부터는 매주 로또를 1,000원 어치 사는 것 이외엔 베팅하지 않았다.

해가 바뀌었고, 하인스 킴 vs 알파고의 2차 대국이 시작되었다. 이번은 전보다 다양한 베팅 항목이 신설되었다.

지난번엔 몇 수에 끝나는지로 엄청 땄는데 그 확률이 매우 낮았음을 알게 되었다.

정말 운이 좋았다는 것을 깨달은 것이다.

아무튼 누가 이기는지는 상대적으로 배당률이 낮다. 반면 몇 수에 끝나는지는 배당률은 높지만 확률이 매우 낮다.

몇 집 차이로 끝나는지는 상대적으로 확률이 높은 것 같다. 알파고나 하인스 킴이 상대에게 열 집 차이 이상으로 이기고 질 확률은 거의 없기 때문이다.

하덕현은 바둑을 잘 모른다. 그래서 1부터 10까지 쓴 쪽지를 뽑아서 나온 숫자에 베팅하기로 했다.

그렇게 해서 골라진 숫자가 9였다.

그런데 10만 원을 베팅하려 했는데 실수로 100만 원을 걸었고, 이번에도 수정이나 번복은 불가능했다.

어제가 생일이었지만 축하해 줄 친구나 친지는 없다.

어머니가 '우리 아들 생일 축하해!' 라고 보낸 메시지가 없었다면 생일인 것도 모르고 지나칠 뻔했다.

노량진 공시생 친구들은 일생에 도움이 안 될 것 같아 그들의 연락처를 다 지웠다. 하여 1만 원짜리 프라이드치킨을 사다 혼자서 한잔했다.

그런데 조금 과했는지 취기가 확 올랐다. 하여 동그라미 숫자가 헷갈려 100만 원이나 배팅한 것이다.

어쨌거나 그 결과는 512배 배당이다. 벌써 세 번째이니 이런 걸 보면 하덕현은 운이 좋다.

이번에 받은 5억 688만 원은 부모를 위해 쓸 생각이다.

아버지의 양계장은 낡고, 좁은 데다 냄새도 많이 난다.

신정 때 갔었는데 바로 옆 땅이 매물로 나왔는데 안 팔린다는 이야기를 들었다.

별다른 용도가 없는 임야이고, 내놓고 꽤 오래 지났음에도 작자가 없어서 차츰 가격이 낮아진다고 하셨다.

그러면서 가격을 말씀하셨는데 생각보다 저렴했다. 서울 땅값과 비교를 하였으니 엄청 싸다는 느낌이었던 것이다.

아버지는 닭들 덕에 먹고살고 있지만 하루 종일 좁은 계사에 갇힌 채 산란케 하는 건 못 할 짓이라고 하셨다.

하여 여유가 있으면 대출이라도 받아 동물복지 양계장으로 바꿨으면 좋겠다고 말씀하셨다.

어머니는 꼴도 보기 싫은 큰아버지와 고모를 걱정했다.

남편 앞으로 땅이 등기되면 그걸 담보 잡혀 돈을 빌려달라고 성화를 부릴 것이 뻔했던 것이다.

다행한 것은 전국의 모든 금융기관이 더 이상 부동산 담보 대출을 취급하지 않는다는 것이다.

하여 제아무리 금싸라기 땅을 가져가도 거들떠보지 않는다.

따라서 어머니의 걱정은 기우(杞憂)[13] 나 다름없다.

"그 땅값이 얼마라고 하셨지?"

하덕현은 기억을 더듬어보았다.

국유림에 접한 임야의 면적은 약 1만 5,000여 평이고 평당 1만 2,000원 정도라 하였다.

1억 8,000만 원이지만 가격이 계속 떨어지고 있으니 1억 5,000만 원 정도면 살 수 있을 듯싶다.

동물복지 농장은 상대적으로 큰돈이 들지 않는다.

좁고 답답한 계사 대신 편히 살라고 풀어놓는 것이기 때문이다. 족제비 등의 습격을 대비한 튼실한 담장과 맹금류의 공격을 대비한 망(網)을 씌우는 비용 정도면 된다.

남은 돈 3억 5,000만 원으로 현재의 계사를 개축하면 눈, 비 오는 날 편히 쉴 수 있는 공간이 될 듯싶다.

부모님 좋고, 닭들도 좋아할 일이며, 본인 흐뭇할 일이다.

문제는 돈이 어디에서 났는지를 말씀드려야 하는데 100만 원을 베팅했다고 하면 분명 꾸중 들을 것이다.

하여 머리를 싸맸다. 어찌하면 순조롭게 진행될지를 생각하려는 것이다.

"허어! 참 이상하네. 내 상태 점검해 봐."

---

13) 기우(杞憂) : 앞일에 대한 쓸데없는 걱정. 어떤 기(杞)나라 사람이 '만일 하늘이 무너지면 어디로 피해야 좋을 것인가?' 하고 침식을 잊고 걱정하였다는 데서 유래함

갑자기 두꺼운 갑옷을 입은 느낌은 한 번도 경험해 보지 못한 것이기에 대체 뭔 일인가 싶다.

"모두 정상이에요. 그럼 기분 문제인 것 같은…. 어라? 심장 박동이 조금 빨라졌어요."

흥분 또는 긴장 상태가 되면 심장의 박동이 빨라진다.

그렇지 않고 가만히 있는데 갑자기 빨라지는 건 몸에서 보내는 SOS 신호일 수 있다.

심장 자체 문제이거나 내과질환으로 인해 2차적인 영향을 받은 결과일 수 있는 것이다.

이때 부정맥(不整脈)을 의심해 볼 수 있다.

맥박이 비정상적으로 빠르거나 느린 경우, 혹은 불규칙한 것을 부정맥이라 한다.

'현재 폐하의 심장은 완전 정상이에요. 다른 장기들도 전부 그렇구요. 박동이 빨라질 이유가 전혀 없어요.'

'……!'

현수는 문득 떠오르는 것이 있었다. 하여 신일호로 하여금 문을 닫고 일체의 방문도 허용치 말라 지시했다.

그러곤 침대에 올라갔다.

'폐하…!'

'아무래도 휴먼하트와 지자기의 조화가 이루어지려는 순간이 온 건가 봐.'

'아…!'

드디어! 241

도로시는 긴말하지 않았다.

당장은 심신의 긴장을 완전히 풀어야 함을 느낀 모양이다.

하여 이를 돕기 위한 각종 호르몬 분비를 촉진시키는 한편 전신 근육을 이완시켰다.

반듯하게 누운 현수는 심장에 신경을 집중시켰다.

휴먼하트가 미세한 진동을 일으키는 중이다. 이것의 영향으로 이상한 기분이 느껴졌던 모양이다.

고요히 눈을 감고 관조하자 기의 흐름이 느껴진다. 마나를 사용하지 못하는 순간부터 인식되지 않던 것이다.

이럴 땐 마나호흡을 하는 것이 좋을 듯싶다. 하여 숨을 깊숙이 들이쉬고 잠시 호흡을 멈췄다.

"흐으으음—!"

아주 미약하지만 전신을 관통하는 미약한 전기 같은 것이 느껴진다. 이건 마나다. 한동안 쓰지 못해 존재 자체를 잊고 있던 마나가 분명하다.

"……!"

현수는 모든 감각을 개방하곤 무엇이든 받아들이는 것에 신경을 썼다.

지이이이이이이잉—!

평범한 인간의 귀에는 들리지 않을 아주 미약한 진동음이 느껴지는 순간 휴먼하트로 마나가 쏟아져 들어간다.

건전지를 놔두면 자연 방전되듯 휴먼하트는 물론이고, 켈라

모라니의 비늘에 있던 마나도 조금씩 소모되고 있었다.

가장 마지막으로 아공간을 열었을 때에도 사용되었다. 그렇게 하여 비워진 것이 다시 채워지는 모양이다.

현재의 지구엔 마나를 쓰는 존재가 없다.

그리고 이곳은 비교적 덜 오염된 곳이다. 그래서 그런지 마나의 순도가 높았고, 채워지는 속도가 빠르다.

현수는 아무런 말없이 심장을 관조(觀照)했고, 도로시는 침묵으로 응원했다. 그렇게 상당히 긴 시간이 흘렀다.

다음 날 아침, 지윤이 아침 같이 먹자고 왔다가 돌아갔다.

밀라와 올리비아, 설이화, 그리고 아델리나는 문안인사차 방문했다가 허탕 쳤다.

시간이 흐르고 흘러 오후 1시쯤 되었을 무렵 반개되어 있던 현수의 눈이 온전히 떠진다.

"흐으으음! 후우우우! ……! 좋군."

잃어버렸던 능력을 되찾았다. 확인해 봐야 한다.

"파이어!"

화르르르르륵—!

농구공보다 큰 화염구가 생성된다.

"폐하! 불나겠어요."

"알았어, 아이스 포그!"

쉬이이이이잉—!

드디어! 243

아주 서늘한 안개가 방금 전의 열기를 대번에 제거한다. 고대하던 마법 사용이 가능해진 것이다.

'도로시! 내 몸 점검해.'

'…전혀 이상 없어요. 감축드립니다, 폐하!'

'감축까진 아니고…. 점검은 필요해.'

'원하시는 대로 하세요.'

'지구 좌표 보여줘.'

'넵!'

현수는 눈앞에 뜬 3D 지도에 시선을 준다. 이곳으로 온 이후 위성으로 확인하여 작성된 것이다.

'텔레포트!'

스팟―!

현수의 신형이 투명해지는가 싶더니 사라진다. 그러곤 야자수가 늘어서 있는 해변에 당도했다.

"도로시, 여기 위치 어디지?"

"미국령 괌의 팔락 비치(Palak beach) 해변이에요."

기억이 맞다면 땅의 중급 정령이 머물고 있는 마리아나 해구에서 가까운 곳이다.

"제대로 왔군. 후후! 돌아간다."

스팟―!

금방 호텔로 되돌아왔다. 직선거리로 14,000km쯤 떨어진 곳에서 불과 2~3초 만에 당도한 것이다.

2.5초가 걸렸다면 시속 2,016만㎞로 이동한 것이다.

2017년 현재 가장 빠른 전투기는 록히드 마틴의 SR—71 블랙버드이다. 평균 속도 3,600㎞/h 정도이다.

방금 전, 현수의 이동속도는 이보다 5,600배가 빨랐다. 따라서 이런 부분은 마법이 과학보다 훨씬 낫다.

이후 몇 가지 마법을 시험 삼아 구현해 보았다.

먼저 호텔 옥상으로 올라가 퍼펙트 트랜스페어런시 마법으로 몸을 투명하게 하였다.

이후, 플라이 마법으로 몸을 띄웠다.

현수의 몸은 아주 부드럽게 고도 300m 상공까지 상승한 후 한참 머물다가 차츰 낮아졌다.

힘이 빠져서 내려온 게 아니라 의도한 대로 내려온 것이다. 최종적으로는 지면으로부터 1㎝ 높이에 머물렀다.

전혀 위화감이 느껴지지 않았다.

오랫동안 마법을 쓰지 않았음에도 2,900년 이상 능숙했기에 의도한 대로 되는 것이다.

모범운전자가 1년쯤 핸들을 놓았다고 해서 운전을 못하지 않는 것과 유사하다.

이에 흐뭇하여 한마디 하려는데 도로시가 초를 친다.

"폐하! 잠시 후 대국 시작해요."

"어! 그래? 알았어."

서둘러 객실로 돌아와서는 거울 앞에 섰다. 밤을 새웠고,

아직 양치를 하거나 세수를 하지 못했다. 그래도 멀끔하기는 하지만 많은 사람들이 모여 있는 곳으로 가야 한다.

"바디 리프레쉬!"

샤르르릉―!

즉시 샤워를 한 것보다 더 깔끔해진다.

"아이고, 이제 좀 편해지겠네."

오랫동안 막혀 있던 숨통이 트인 듯한 느낌이다.

"감축드려요!"

"그래!"

기분이 좋아진 현수는 밥을 먹지 않았음에도 배가 고프지 않았다. 하여 곧바로 대국장으로 향했다.

당당한 걸음으로 입장하자 수많은 카메라가 집중된다.

최고의 AI를 상대로 11연승이나 이루어낸 천재의 행차를 보도하기 위함이다.

잠시 후 대국이 시작되었다.

이번엔 중반에 변칙적인 포석으로 알파고를 괴롭혔다. 랙에 걸려 버벅거리는 것이 느껴질 정도였다.

결과는 의도한 대로 현수의 8집 승이다.

알파고를 상대로 12연승을 기록하자 전 세계가 인간 최고의 두뇌라는 칭송을 아끼지 않았다.

무협소설에 흔히 등장하던 공전절후(空前絶後), 전무후무, 고금제일(古今第一)이라는 표현이 난무했다.

때마침 수학계에서 중대한 발표를 하였다.

CNN과 BBC 등 유명 언론사들의 카메라 앞에 선 것은 황준묵과 돈 자이에, 그리고 박지훈과 미하일 그로모프이다.

황준묵은 독일의 유명 수학저널의 편집인이다.

돈 자이에는 포스텍, 박지훈은 포항공대, 그리고 미하일 그로모프는 뉴욕대 수학과 교수이다.

이밖에 쟁쟁한 명성을 가진 수학자 28명도 배석했다.

이중엔 수학계의 노벨상이라 칭해지는 아벨상 또는 필즈상 수상자들도 있다.

예를 들어, 존 밀노어 뉴욕 주립대 석학교수는 두 개의 상을 모두 수상한 바 있다.

결론부터 말하자면 하인스 킴이 발표한 6대 난제의 풀이에서는 오류를 발견할 수 없었다.

모든 증명이 인정되었다는 뜻이다.

아울러 페르마의 마지막 정리를 새로운 방법으로 증명한 것 또한 올바르게 귀결되었다고 하였다.

이에 수학계에서 수여하는 필즈상, 아벨상, 울프상 등 모든 상을 하인스 킴에게 수여하겠다고 발표했다.

한 사람이 모든 상을 수상하는 건 이전에 없던 일이고, 앞으로도 그럴 것이다.

웬만한 업적으론 꿈도 꿀 수 없기 때문이다.

이 발표 직후, 수학난제를 출제했던 클레이연구소 소장이 또 다른 카메라 앞에 섰다.

같은 자리는 아니고 미국 매사추세츠주 케임브리지에 소재한 클레이연구소 현관 앞에서 발표를 시작한 것이다.

이 연구소에선 지난 2000년 5월에 흔히 '밀레니엄 문제'라 칭해지는 '수학 7대 난제'를 출제했다.

푸앵카레 추측, P-NP 문제, 호지 추측, 리만 가설, 양-밀스 질량 간극 가설, 나비에-스토크스 방정식, 버치-스위너턴 다이어 추측이 그것이다.

이 문제 중 하나를 풀 때마다 상금 100만 달러씩 수여하겠다고 하였다. 한화로 11억 7,500만 원 정도이다.

얼마나 어려우면 이런 거금이 걸리겠는가!

이에 소위 천재라 불리는 수많은 수학자들이 도전했다.

돈보다는 명예를 얻기 위함이었겠지만 수년이 흐르도록 별다른 성과를 내지 못하였다.

그러다가 2003년에 푸앵카레 추측이 러시아 수학자 그레고리 페렐만에 의해 해결되었다.

사실 이 명제는 프랑스의 저명한 수학자 앙리 푸앵카레의 1904년 논문에 처음 등장한 것이다.

그러니 처음 제기된 이후 100년 만에 증명된 것이다.

페렐만의 논문이 발표된 이후 수학계의 검증작업이 시작되었고, 2010년이 되어서야 클레이연구소에서 상금을 수여하겠다고 발표했다.

검증작업에 무려 7년이나 걸린 것이다.

현수가 논문을 제출한 것은 지난해 11월 25일이고, 현재는 2017년 1월 17일이다.

불과 53일이 경과되었을 뿐이다.

그럼에도 6대 난제가 모두 해결되었다고 발표할 수 있었던 것은 전 세계 수학계가 비상한 관심을 갖고 총력을 다해 검증작업에 임했기에 가능한 일이다.

독일 크렐레 저널(Crelle's Journal)의 편집인 황준묵은 논문 검증을 위해 전 세계 수학계에 도움을 청했다.

그 결과 수많은 석학들이 논문 검증에 매달렸다.

모두들 침식을 잃을 정도로 집중하면서도 수시로 감탄과 탄식을 터뜨리지 않을 수 없었다.

전혀 생각지 못했던 시각으로 접근하여 기발한 방법으로 해결해 나가는 과정이 너무나 통쾌해서였다.

무지막지하게 어려운 개념으로 범벅이 된 논문인 것은 분명하다.

그럼에도 수학자들은 잘 쓰인 한 편의 흥미진진한 추리소설을 접한 것처럼 술술 읽어 내렸다.

제출된 논문에 완벽에 가까울 정도로 세세한 설명과 주석(註釋)들이 달려 있었기에 가능한 일이다.

쉽게 쉽게 읽으면서 오류가 있는지를 살피고 있었는데 어느 순간 대미(大尾)를 접한 느낌이었을 것이다.

이번 검증은 논문마다 최소한 열 곳 이상에서 오류 없음을 확인했다.

수학 문제는 풀이과정이 여럿 있을 수 있다.

예를 들어, '피타고라스의 정리'는 피타고라스뿐만 아니라 유클리드, 가필드, 바스카라 등에 의해 증명되었다.

그리고 수학은 과학의 근본이다. 그래서 풀이방법은 다양할 수 있어도 귀결은 한 가지이다.

여기서의 '한 가지'는 답이 꼭 '하나'라는 뜻이 아니다.

중학교 수학 차원에선 이차방정식은 해가 실근 2개, 실근 1개 또는 허근 2개일 수 있다.

이를 판별식 D(discriminant)를 이용하여 조금 더 설명하면 아래와 같다.

 i) D > 0이면, 2개의 실근
 ii) D = 0이면, 1개의 실근(중근)
 iii) D < 0이면, 2개의 허근

예를 들어, 다음과 같은 이차방정식이 있다.

$$x^2 + 2x - 3 = 0$$

이 방정식은 (x+3)(x-1)=0으로 인수분해 되므로 좌변의 전항 '또는' 후항이 0이 되면 등식이 만족된다.

따라서 이 이차방정식의 답은 다음과 같다.

$$x = -3 \text{ 또는 } 1$$

보다시피 해는 2개이지만 답은 위의 '한 가지'이다.

어쨌거나 6대 난제와 페르마의 마지막 정리는 각각 10팀 이상이 논문을 검증했다.

모두 천재이며, 저명한 석학들로 이루어진 집단이다.

이들 모두는 만장일치로 오류 없음을 확인해줬다. 수학 문제답게 의견이 하나로 귀결된 것이다.

이는 전 세계 수학자들이 모두 달려들다시피 했기에 가능했던 일이다. 아마도 모처럼 일치단결하여 한바탕 즐거운 잔치를 즐긴 기분일 것이다.

현수의 논문은 전 세계 수학계를 한 단계, 아니, 두어 단계쯤 성장시켰고, 성숙하게 했다.

이건 평범한 일반인의 뇌피셜이 아니다.

미하일 그로모프 뉴욕대 수학과 교수가 직접 언급했다.

2009년에 아벨상을 수상했으며, 현수와는 이전의 삶에서도 인연이 있었던 인물이다.

Chapter 12
—
라면 먹고 갈래?

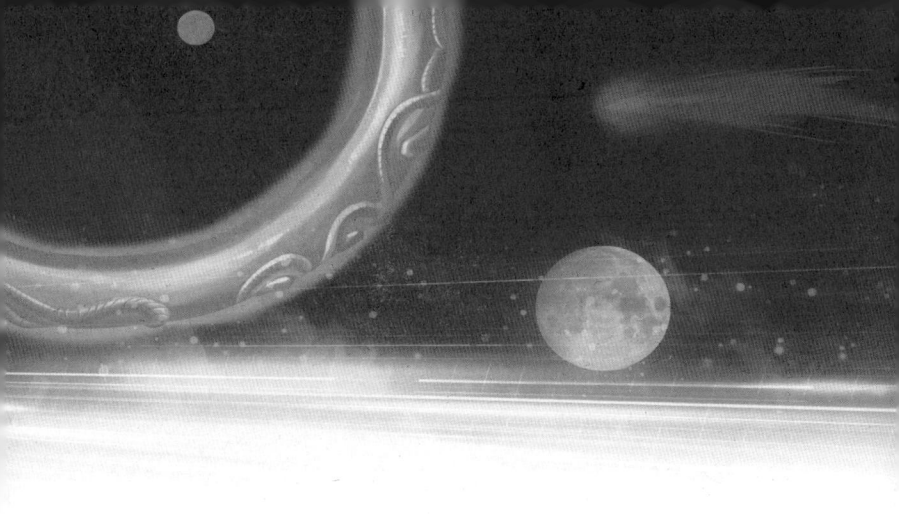

 현수의 논문을 통해 영감을 받은 수학자들이 한둘이 아니다. 이 덕분에 정립되지 않던 여러 수학적 개념들이 하나하나 성과를 보일 것으로 추측된다.

 무협소설로 치면 모든 문파에 절세무공이 기록된 비급과 더불어 공청석유, 만년설삼, 만년화리의 내단, 또는 천년빙정 같은 희대의 영약이 내려진 것과 같다.

 모든 문파에 내려진 기연이니 모두가 칭송할 것이다.

 아무튼 수학계는 현수의 논문이 끼칠 영향력을 충분히 짐작하기에 수여할 수 있는 모든 상을 준다고 발표한 것이다.

 졸지에 상복(賞福)이 터졌다.

클레이연구소 소장은 6대 난제의 일괄 해결을 열렬히 환영하며, 이에 600만 달러였던 상금을 1,000만 달러로 상향하여 지급하겠다고 발표했다.

한화로 1,175억 원 이상이니 돈복 또한 터진 것이다.

이 두 가지 발표가 있은 직후 하인스 킴 앞에는 여러 수식어가 붙기 시작했다.

공전절후한 천재, 전무후무할 수학자, 고금제일 두뇌, 인류 최고의 인재 같은 것들이다.

심히 낯부끄러울 칭호지만 사람들은 더한 수식어를 못 붙이는 걸 억울해했다. 몹시 칭송하고 싶은데 손뼉을 치거나 환호성을 터뜨릴 수밖에 없을 때와 같은 기분인 것이다.

* * *

"수고하셨어요."

대국을 마치고 객실로 돌아오니 오늘도 지윤이 기다리고 있다가 상의를 받아든다. 그런데 복장이 묘하다.

아직 침대에 들어갈 시각이 아니건만 망사 레이스 가운을 걸쳤다. 안에 입은 브래지어와 팬티가 훤히 보인다.

"……!"

무슨 의도인지 어찌 모르겠는가! 하지만 이런 도발에 넘어갈 현수가 아니다.

이때 도로시가 한마디 한다.

'하루 종일 남자를 유혹하는 법을 검색하더라구요.'

현수의 공식적인 나이는 32세이고, 미혼이다. 사지 멀쩡하며, 신체 강건하다. 이 정도면 분명 혈기왕성할 것이다.

김지윤이 검색한 내용을 보면 이런 사내는 시각적 자극과 후각에 민감하게 반응한다고 되어 있다.

게다가 본인은 본인이 무척 예쁘다는 걸 안다. 조인경과 더불어 천지건설 양대 미녀 중 하나로 아파트 CF를 찍었다. 그리고 큰 금액은 아니지만 개런티도 받았다.

이 정도면 유혹을 위한 삼박자를 모두 갖춘 셈이다.

하여 엷은 화장을 하고, 하늘하늘한 망사 가운을 입었으며, 서울에서 준비해 온 페로몬 향수까지 뿌렸다.

현수가 사준 임페리얼 마제스티 No.1에 비하면 형편없이 저렴한 것이지만 어떤 남성이든 쉽게 유혹된다는 설명을 보고 구입해 두었던 것이다.

걸치고 있는 브래지어는 가슴의 윗부분을 고스란히 드러내는 것이고, 팬티는 거의 망사에 가깝다. 유심히 살피면 안이 그대로 보일 정도이다.

수영장에선 비키니를 입어도 괜찮은데 지금은 몹시 부끄럽다. 하여 볼이 화끈 달아올라 있다.

"샤워부터 하실래요?"

"응? 그거 아까 했는데 또 해야 하나?"

"뭐, 그럼…, 저녁 좀 일찍 먹을까요? 와인 준비했어요."
"벌써…?"
"시간이 조금 이르긴 하죠? 그래도 오늘은 아침과 점심을 안 드셨으니까 조금 일찍 드세요."

현수가 대국장으로 들어간 직후 김지윤은 담당 메이드를 불러 오늘은 어떤 음식을 들였는지를 물어보았다.

매일 확인하는 것으로 현수의 식성과 호불호를 보다 자세히 파악하기 위함이다. 그런데 오늘은 아무것도 들이지 않았다고 하였다. 하여 굶었음을 알고 있는 것이다.

하루 종일 빈속이었다면 지금쯤 몹시 시장할 것이다.

하여 스테이크와 샐러드 등을 준비했다.

직접 요리하진 않았고, 메뉴를 선택한 것이다. 스테이크에 어울리는 달달한 레드와인은 사실 본인을 위한 것이다.

속살이 훤히 비치는 하늘하늘한 가운과 그 안에 입은 남세스런 란제리가 너무나 부끄러워서이다.

술 마시면 없던 용기가 나고, 보다 적극적이 되며, 치를지도 모를 거사 때 통증이 조금 덜할까 싶은 것이다.

탁자에 2인분이 넘을 요리가 차려져 있다. 이를 보니 살짝 시장기가 느껴진다.

"그럴까, 그럼?"
"네! 아주 맛있을 거 같아요."

잠시 후 둘은 이른 저녁을 먹었다. 곁들인 와인은 달달해서 좋았다. 이런저런 대화를 나눴고 아주 화기애애했다.

하지만 말없는 암투가 있었다.

지윤은 공격자 입장이다.

어떻게든 유혹해서 거사를 치를 생각이다. 이런 속내를 훤히 읽은 현수는 적절히 방어했다.

식사 후 가볍게 입을 가시고는 산책에 나섰다. 오늘은 옥상 정원을 한 바퀴 돌았다.

상당히 큰 건물이고, 산책로가 지그재그로 조성되어 걸을 만 했다. 지윤은 팔짱을 낀 채 나름 애교를 부렸다.

그런데 학창 시절에 공부만 하던 사람인지라 서툴렀다. 그래서 더 신선한 느낌이다.

"하아! 조금 걸었더니 졸리네요. 이제 가서 쉴까요?"

데이트 하고 헤어질 무렵 집에 들어가다 말고 돌아서서 '라면 먹고 갈래?' 라고 말하는 느낌이다.

"그러지."

다시 객실로 돌아오자 바로 욕실로 들어간다. 그러곤 잠시 물소리를 냈다. 거사에 앞서 청결을 신경 쓰는 것이다.

"씻으실 거죠?"

이대로 동침하면 역사적인 첫날밤이 된다. 그러니 깨끗이 씻고 나오라는 뜻일 것이다.

현수는 대답 대신 욕실로 들어섰다.

바디 리프레쉬 마법을 쓰면 샤워를 한 것보다 더 청결해지기는 하지만 입 안은 아니다. 하여 양치를 했다.

입 냄새 때문은 아니고 스테이크를 먹어서 그런지 약간 텁텁한 느낌이 들어서이다.

잠시 후, 욕실 밖으로 나오니 조명이 꺼져 있다. 침대 옆 협탁의 스탠드만 점등되어 있는데 조도(照度)가 낮다.

은은한 빛이 욕정을 돋운다는 인터넷 조언을 믿고 전등까지 교체한 모양이다. 정성이 갸륵하다.

'후후!'

침대 가까이로 가자 지윤은 이불을 움켜쥔다. 막상 기대하던 순간이 다가오자 살짝 긴장된 것이다.

이불에 가려져 현수의 눈에 뜨이진 않지만 현재의 지윤은 완전한 나체이다. 실오라기 하나 걸치지 않은 건 인터넷에서 본 게 있기 때문이다.

이제 슬쩍 한쪽 다리를 내밀 계획이다. 매끈하고, 늘씬하니 시각적 유혹이 될 것이다.

어쩌면 정신없이 덮칠지도 모른다. 하여 적절한 타이밍을 노리고 있었다.

어느 경험 없는 모태솔로가 본인의 망상을 인터넷 게시판에 올려놓았는데 여기에 수없이 많은 댓글이 달렸다.

말도 안 되는 걸 본 네티즌들이 농담 삼아 동조했다.

오래전, 어떤 장정이 입대를 앞두고 인터넷 게시판에 다음과 같은 글을 남겼다.

형님들 안녕하세요?

오늘은 예비역 형님들에게 조언을 구하고자 합니다.

제가 곧 논산훈련소로 가야 합니다.ㅠ.ㅠ

이제 겨우 10일쯤 남았는데 거기 엄청 오래된 곳이라고 그러더라구요.

어제 옆집 형이랑 술을 마셨는데 아무 준비 없이 그냥 가면 다 망가진 총을 준다고 하네요.

그러면 군 생활 내내 개고생이라고 꼭 하나 사서 가져가라고 하더라구요. 참고로, 이 형은 예비역입니다.

근데 아무리 알아봐도 총을 파는 곳을 찾을 수 없어요.

어디서 파는지, 가격은 어느 정도인지 알려주시고, 미리 준비할 게 뭐가 있을지도 알려주세염. 감사합니다.

이 게시물엔 엄청나게 많은 댓글이 달렸다. 불과 이틀 만에 거의 1만 개 이상 달렸는데 다음은 그 내용 중 일부이다.

- 그 형 진짜 좋은 형이다. 이런 거 잘 안 알려준다.
- 꼭 필요한 정보를 준 거야. 총은 꼭 사가라.
- K-2 소총 정도면 훌륭해.
- 내가 쓰던 K-2 중고 30만 원에 넘길 의향 있다.
- 병기계 출신이다. K-2 신품 가격은 33만 8,540원이다.

― 병기계면 확실하지. 바가지 쓰지 마라.
― 칼빈도 괜찮다. 동사무소 예비군 중대에 문의해 봐.
― 이건 중고밖에 없어서 조금 싸. 난 7만원에 샀어.
― 근데 총만 사면 총알은?
― 아! 그거 안 사가면 진짜 개고생함.
― 맞아, 한 방도 못 쏴보고 제대함. 쓰벌! 내가 그랬음.
― 총알 없으면 중대장이 개지랄할 거임. 꼭 사가라.
― 남대문시장 지하상가 137호 만물상회가 제일 싸게 팜.
― 논산훈련소 정문 앞 세븐일레븐에서도 팔아.
― 응! 정문왕갈비와 금곡이용원 사이에 있다.
― 카드로도 살 수 있지만 현금 내면 부가세 안 받는다.
― 여긴 정가대로 다 받음. 비추~!
― 총알은 탄통으로 하나 정도는 사가야 함.
― 꼭, 5.56미리로 주세요 해. 알았지?
― 총알은 훈련소 앞 멕시카나 치킨에서도 판다. 싸다!
― 맞아! 난 여길 못 찾아서 한참 헤맸어.
― 치킨집에서 총알 파는 건 미스테리니까. 이해함.
― 괜히 어리숙하게 보이면 바가지 씌우니까 꼭 탄창 포함이라고 말해. 알았지? 몸 성히 잘 다녀와라.
― 수통도 사가라. 안 사면 목말라 죽는다.
― 탄띠는? 총알 손에 들고 다닐래?
― 군 생활 중 제일 편한 게 전차운전병이야.

― K-9 한 대 사가면 엄청 이쁨 받을 거야.
― 이거 한화 디펜스에서 팔아. 근데 아무나한테 안 팔아서 사기 엄청 힘듦.

이런 댓글이 무려 1만 개 이상 달렸다.
당연히 인기 게시물 최상단에 노출되었다. 이후로도 엄청나게 많은 댓글이 달렸다.
그중 일부는 다음과 같다.

― 난 수류탄도 사갔는데. 하나에 13만 원씩 줬어.
― 와! 엄청 싸게 샀네. 난 21만 원씩 줬는데.
― 다들 입대 처음 하는 거니까 막 바가지 씌우나 봐.
― 양심 없는 장사꾼 놈들! 다 망해 버려라.
― 입대하는 날 부대 앞에 리어카 끌고 와서 파는 건 사지 마라. 거긴 거의 다 바가지다.
― 하이마트 지하에 가서 거기 보안직원에게 입대영장 보여주면서 군용품 사러왔다고 하면 신세계가 열린다.
― 맞아, 거기에 그렇게 큰 매장이 있는지 처음 알았어.
― 총과 수류탄은 가끔 세일도 하더라.
― 내 동생은 거기서 바추카포 하나 사 가지고 들어가서 바로 휴가 받고 나왔어.
― RPG-7은 보름 휴가 보내준다.

─ 우리 형 공군인데 입대할 때 KF-16 사갔어. 복무기간을 절반으로 단축시켜 줬어. 나도 사갈걸.
─ 해군은 장보고급 잠수함 사오면 반의반으로 줄여줌.
─ 헐~! 엄청 비싸서 국방부가 사례를 한 모양이네.
─ 제기랄, 국방부도 돈으로 차별하는구나. 쓰벌!

예비역들은 이 게시물을 보고 배꼽을 잡았다고 한다. 그런데 입대를 앞뒀던 저 장정은 무엇을 준비했을까?
어리숙한 장정을 놀려먹는 예비역들의 사악함이 느껴지는 댓글들이었다.
김지윤이 본 게시물의 제목은 아래와 같았다.

썸타는 남사친과 확 가까워지고 싶은데 안 넘어와요.
이 남자를 유혹하는 가장 빠르고, 효과적인 방법이 뭐가 있을까요? 언니들의 충고에 귀 기울이겠습니당~!

글이 올라가고 불과 2시간 만에 100개가 넘는 댓글이 달렸다. 모두들 로맨스 작가인 듯 뇌내망상들이 대단했다.
전부 모태솔로였는지 별의별 글들이 다 있었다.
지윤은 이중 취사선택했다.
하늘하늘한 망사 가운, 화려하면서도 속살이 다 비치는 란제리, 그리고 페로몬 향수가 준비물이었다.

두툼한 스테이크와 달콤한 와인도 이래서 준비했다.

거사를 치르기 전에 꼼꼼하게 닦으라는 것도 받아들였다.

샤워를 마친 후엔 커튼을 모두 닫고 조명을 낮췄다.

은은한 분위기가 성적 호기심을 불러일으킨다는 글이 있었던 것이다.

다음으로 실오라기 하나 걸치지 말고 침대에 들어가 있으라고 하였다. 그러다 남사친이 다가올 때 슬쩍 각선미를 보여주라는 것이다.

대부분은 사내들은 늘씬한 다리가 페티쉬(fetish)인지라 효과 100%라 장담하였다.

그 아래의 댓글은 남사친이 이내 남편이 될 것이라며 미리 축하한다고 했다.

순진한 지윤은 이를 곧이곧대로 믿었던 것이다.

조용히 다가온 현수는 허리를 숙이더니 나직이 속삭인다.

"슬립!"

말 떨어지기 무섭게 힘이 빠져나갔고, 이내 꿈나라로 들어선다. 이로써 지윤의 공들였던 계략은 모두 무산되었다.

오늘은 무슨 일이 있어도 반드시 탈 처녀하리라 마음먹었는데 또 그 뜻을 이루지 못한 것이다.

"미안! 조금 더 있다가…."

이불을 여며주며 현수가 한 말이다. 조금 서늘한 듯싶어 에어컨 온도를 조절하곤 본인의 침실로 향했다.

라면 먹고 갈래? 265

"기분이 어떠세요?"

"나? 그냥 그래."

"에이, 설마요. 말씀은 안 하셨지만 답답하셨잖아요."

"그건 그랬지. 근데 새로운 걸 얻은 게 아니라 원래대로 되돌아간 거잖아. 그러니 좋고 말고 할 것도 없지."

"뭐, 그래도 좋으시긴 하죠?"

"…그래. 이제 좀 편해지겠지."

"참! 아공간 열어서 확인 부탁드려요."

"그러지. 오픈!"

말 떨어지기 무섭게 공간 하나가 열린다. 현수는 작지 않은 입구에 얼굴을 넣었다.

현수의 아공간은 광활하다고 표현해도 좋은 정도로 엄청나게 넓고, 높다.

한반도 전체 면적에 높이가 1㎞ 정도이니 용적이 약 22만㎦이다. 한눈에 다 보이지 않아야 정상이다.

그런데 현수는 전체를 지각(知覺)한다. 어디에 뭐가 있는지 직감으로 확인되는 것이다.

이 아공간이 현수의 소유이기 때문이다. 주인에게는 모든 것이 오롯이 보여지는 것이다.

"폐하! 옥상으로…, 아니, 다른 곳으로 가시겠습니까?"

"왜? 뭐 꺼낼 거 있어?"

"인공위성도 꺼내서 궤도에 올려야 하고, 휴머노이드들도 더 많이 필요해요."

뜻이 있어서 하는 말일 것이다.

"그래, 그러자! 지도 보여줘."

"넵! 여기로 가셨으면 해요."

좌표가 굵고 진한 글씨로 보이자 고개를 끄덕였다.

"그러지, 텔레포트!"

스르륵―!

현수의 신형이 사라졌다.

다음 순간 나타난 곳은 지금은 진흙탕인 천진(天津)과 당산(唐山)에서 그리 멀지 않은 발해만 해변이다.

"여긴…, 완전한 엉망이 되었군."

보이는 것이라곤 누런 흙탕물뿐이다. 그리고 물비린내가 심하게 났기에 이맛살을 찌푸리며 한 말이다.

"여긴 시간이 더 있어야 괜찮아질 거예요."

"그래, 그러겠어. 그나저나 뭘 얼마나 꺼내?"

"아공간이 부속된 YD―16으로 21개가 필요해요."

"알았어, 오픈!"

다시 아공간을 열었다.

그러곤 21개의 비행정 비슷한 것들을 꺼냈다. 누가 봐도 미래의 우주선이라 부를 만한 것이다.

"아공간이 활성화되어 있는지 확인 부탁드려요."

"꺼내면서 봤어. 다 괜찮아."

"좋아요. 스위치 온(on) 해주세요."

지난번엔 이 작업을 하지 않아 낭패를 볼 뻔했었다.

일일이 스위치를 켜는 동안 도로시는 위성을 올릴 궤도들을 설정했다.

"다 했어?"

"넵! 이제 올려주세요."

"그러지."

잠시 후 21개의 위성 모두 우주로 올라갔다.

반중력 마법진이 있기에 발사체가 필요 없다. 다시 말해 발사 비용 없이 인공위성 21개를 궤도에 올린 것이다.

모두 광학 및 전파 스텔스 기능이 가동되어 있어 어느 누구도 이것들의 배치를 알지 못한다.

아공간이 부속된 YD-16 21기는 도로시가 지정한 궤도에 당도하자 빠른 속도로 이동하면서 주변의 각종 인공위성과 우주쓰레기들을 아공간에 담는다.

마치 진공청소기로 빨아들이는 것처럼 보인다.

지나가 발사했던 인공위성들을 집중적으로 수거하는 중이다. 이미 제어권을 확보했지만 확인해 보니 성능이 너무 후져서 폐기처분한 것이다.

인근의 자잘한 우주 쓰레기까지 몽땅 빨아들이곤 각자 설정된 위치를 찾아가 자세를 잡는다.

이 위성들은 자체 추진기관이 있어 언제든 좌표를 바꿀 수 있다. 뿐만 아니라 고도 변경도 가능하다.

저궤도에 있다가 중궤도, 고궤도, 또는 극궤도까지 상승하거나, 반대로 하강도 할 수 있다.

이는 초정밀 반중력 마법진 제어로도 충분하므로 별도의 에너지가 소모되는 일은 아니다.

어쨌거나 도로시가 지정한 위치에 자리를 잡게 된 위성들은 즉각 부여된 임무 수행에 들어갔다.

당장은 한반도 전역과 수몰된 장강 이북 지역을 살피는 것이 주요 임무이다.

이번에 올린 YD-16은 다목적으로 제작된 것이다.

첫째는 '인공위성 본연의 목적'이다.

통신, 첩보, 방송, 인터넷, 기상, 정찰, 항법, 관측, 과학, 자원 탐사 등의 여러 임무를 동시에 수행할 수 있다.

현존하는 슈퍼컴을 능가하는 고성능 컴퓨터가 설치되어 있으며, 멀티태스킹 능력이 대단하다.

인류는 저궤도에 대규모 인터넷 위성을 띄워 전 세계의 인터넷을 연결하는 서비스를 계획하고 있다.

그중 한 회사가 미국의 '스타링크'이다.

일론 머스크는 이를 위해 3,000여 개의 위성을 쏘아 올릴 계획을 잡고 있다.

아마존의 프로젝트 카이퍼(Kuiper)는 3,236개의 위성, 캐나다의 텔레셋(Teleset)은 298개의 위성을 궤도에 올릴 예정이다. 영국의 우주 인터넷 개발 기업 원웹(OneWeb)의 위성은 288개이고, 추가로 더 계획하고 있다.

한편, 현수는 1년쯤 전에 YD—16 9기를 배치했고, 오늘 새로 21기를 더 보냈다.

이것들 각각의 성능은 일론 머스크 등이 계획하는 인터넷 위성 1,000개 이상의 용량과 성능을 가졌다.

다시 말해 아무도 모르게 초초초고성능 위성 30,000개를 보유하게 된 것이다.

당분간은 존재 자체가 비밀이라 현수와 Y—그룹에서만 이용하겠지만 점차 대한민국의 관공서와 기업 등도 고품질 위성 서비스를 제공받을 수 있게 된다.

공공기관인 기상청에는 여러 관측 정보를 보내주는데 그로 인해 예보 정확도가 크게 상승하게 될 것이다.

정보 제공 비용은 매우 저렴할 예정이다.

둘째는 '우주 쓰레기 회수' 이다.

이를 위해 상시 오픈 아공간이 부착되어 있는 것이다.

가로, 세로, 높이 각각 22m이니 하나의 아공간이 품을 수 있는 용적은 대형버스 100대 분량이다.

전장 12m, 전폭 2.5m, 전고 3.6m인 대형버스의 용적은

108㎥이다. 이것 100대면 10,800㎥이다.

그리고 일반 철의 비중은 7,850kg/㎥이다. 따라서 이를 계산해 보면 다음과 같다.

$$108㎥ \times 100 \times 7,850kg/㎥ = 84,780,000kg$$

보다 큰 단위로 환산하면 8만 4,780톤이다.

한편, 미국의 비영리 과학단체인 Union of Concerned Scientists는 다음과 같은 자료를 발표했다.

현재 우주 공간에는 식별 가능한 인공 물체가 2만 개 이상 있다. 이중 로켓 잔해나 폐기된 위성을 제외하고, 실제 활동 중인 인공위성은 2,787대이다.

인류가 지금껏 쏘아올린 위성의 숫자는 1만 개 이내이다. 2020년 11월이 되어야 1만 93개가 등재되기 때문이다.

인공위성은 1,000kg 이상을 대형이라 칭한다.

따라서 1만 개 전부 대형위성이라고 했을 때의 총중량은 10,000톤이다. 그런데 하나의 YD-16 아공간에 담기는 것이 8만 4,780톤가량이다.

따라서 이것 하나만으로도 인류가 지금껏 쏘아올린 모든 위성들을 품고도 넉넉하게 남는다.

라면 먹고 갈래?

웬만해선 꽉 차서 지상으로 귀환할 이유가 없는 것이다.

게다가 각각의 위성엔 2기의 안드로이드가 배치되어 있다.

현수에 의해 설계된 첨단과학과 온갖 마법의 산물인 이것은 요리, 청소, 아기 돌보기, 정원 가꾸기, 전투기 조종 등 2만 8,000여 가지 임무를 수행할 수 있다.

인간이 할 수 있는 일은 거의 모두 한다는 뜻이다.

뿐만 아니라 딥 러닝을 통해 미개척 분야에 대한 연구 및 개발 또한 가능하다.

추가로, 장인 종족인 드워프 뺨을 칠 정도로 뛰어난 손 기술을 가지고 있기도 하다.

이것들은 아공간에 담긴 여러 위성과 우주 쓰레기들을 보관하였다가 필요로 하는 물품으로 탈바꿈시킨다.

원소분해기와 만능제작기가 있기에 가능한 일이다.

따라서 미국이 계획했다가 포기한 우주 무기 The rod from God 정도는 얼마든지 만들어낼 수 있다.

참고로, '신의 지팡이'는 길이 6m 정도인 텅스텐 탄심을 우주로부터 떨어트리는 무기이다.

폭발 없이 운동에너지만으로 타격을 주는 병기인 것이다.

미 국방부가 계획한 것은 6.1m 길이에 0.3m 지름인 텅스텐 탄심을 저궤도에서 지상으로 떨구는 것이다.

이 경우 최종 속도는 마하 11 정도이며, TNT 11.5톤 정도의 파괴력을 발휘한다.

불발탄이 없으며, 비 방사성 무기인지라 쉽게 사용 결정을 내릴 수 있는 장점이 있는 것으로 평가되었다.

그런데 미국은 이 무기를 포기했다. 천문학적인 개발 비용과 가성비 때문이다.

한 번 사용한 탄심은 다시 쓸 수 없다.

따라서 사용 후 새로운 탄심을 보충해 줘야 하는데 그것을 우주로 보내 장착까지 하는 일은 결코 쉽지 않다.

하지만 YD-16은 다르다.

안드로이드들이 아공간을 오가며 원소분해기와 만능제작기로 탄심을 지속적으로 제작하여 공급할 수 있다.

우주 쓰레기를 필살 병기로 변모시킬 수 있는 것이다.

Chapter 13
—
인간 병기로 복귀

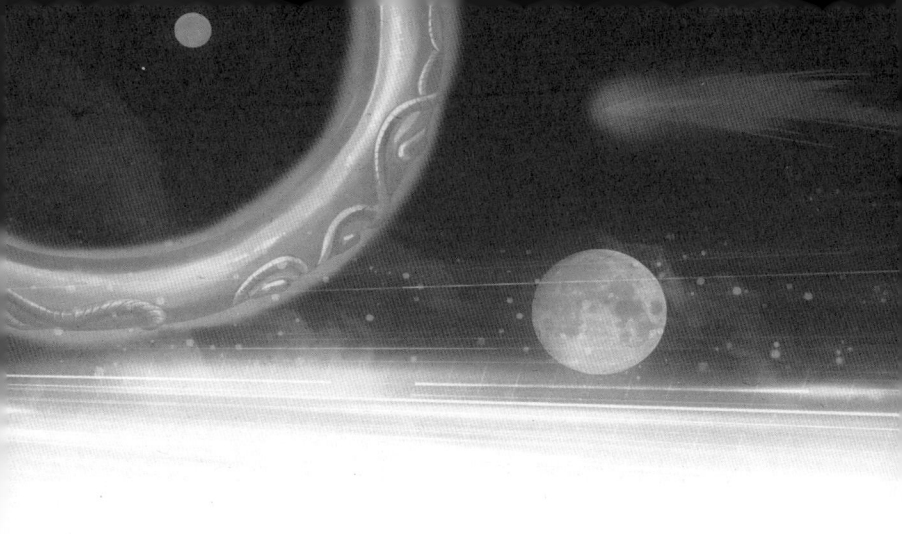

위성의 셋째 임무는 '우주전 대응'이다.

외계로부터 접근하는 UFO나 대형 운석, 또는 혜성 등을 파괴하여 지구를 보호한다.

이를 위해 대(對)행성병기인 마나포와 광자포가 탑재되어 있는 것이다.

아울러 인간이 만든 탄도미사일, 순항미사일, 전투기, 폭격기, 조기경보기 등 모든 비행하는 물체도 요격한다.

이때 사용되는 것은 개량 레일건이다. 마하 20 이상인 속도로 쏘아져가 목표물을 파괴한다.

다중첩 3차원 에너지장 변화감지 레이더를 사용하므로 빛

인간 병기로 복귀

나가는 일은 없다.

이 레이더는 평상시엔 사람으로 치면 눈에 초점을 맞추지 않고 멍한 시선으로 특정 허공을 바라본다.

그러다 새로운 운동에너지가 감지되면 그제야 초점을 맞추는 것과 유사한 추적 방법이다.

저궤도에 있는 위성뿐만 아니라 중궤도와 고궤도 등에 위치한 위성들도 중복으로 감시하고 있으므로 감지하지 못하는 등의 실수란 있을 수 없다.

탄자는 공기의 저항이나 습도 등의 영향을 거의 받지 않는다. 그러므로 요격 실패란 있을 수 없는 일이다.

이 위성에는 다른 레이더 장비도 있다. 동시에 100만 개의 목표물을 추적할 수 있는 것이다.

자전거, 오토바이, 차량, 전차, 전투기, 폭격기, 미사일, 전함, 잠수함 등을 상시 감시한다.

이뿐만 아니라 사람의 행적을 쫓는 장비도 있다.

안면 인식은 기본이고, 골격과 체형, 걷고 달리는 습관까지 모두 파악하여 추적한다.

하여 옷을 바꿔 입거나 성형수술을 해서 외모를 바꿔도 소용없다.

참고로, 한 번 요주의 인물로 설정되면 도로시가 해제 명령을 내리기 전까지 계속 추적한다. 아울러 동시에 100만 명의 행적을 쫓을 수 있다.

넷째는 '지상전 종말 목적'이다.

지상에서 전쟁이 발발했을 때 적을 단숨에 궤멸시키는 목적으로 사용된다.

이때도 마나포 또는 광자포가 동원된다.

물론 위력이 너무 강해서 사전에 출력을 많이 낮춰야 한다. 안 그러면 지구가 쪼개질 수도 있다.

만일 일본이 한국을 침공했고, 너무 괘씸하여 완전한 말살을 하겠다고 결심하면 열도 전체를 분쇄하여 평지로 만들어 버린다.

정령의 힘을 빌려 엄청난 폭우와 세찬 바람, 그리고 펄펄 끓는 용암 등으로도 처벌 가능하다.

문제는 시간이 너무 많이 걸린다는 것이다.

반면, 마나포 또는 광자포를 이용하면 열도의 운명을 1시간 이내로 끝낼 수 있다.

생존력이 어마어마하다는 바퀴벌레는 물론이고, 각종 박테리아와 바이러스까지 모조리 박멸된다.

500만℃ 이상인 초고온이 지속적으로 발생되기 때문이다.

참고로, 재래식 무기는 2,000~3,000℃, 핵폭발은 1,000만℃ 이상인 열복사선이 방출된다.

사실 열도 전체를 바다 아래로 가라앉히는 것도 그리 어려운 일은 아니다. 출력만 조금 덜 낮추면 될 일이다.

"이제 위성은 다 되었지?"

"네!"

"근데 왜 여기야? 바하마에서 해도 되는 일 아니었어?"

"광학 및 전파 스텔스 상태이긴 하지만 거긴 현재 전 세계의 이목이 집결된 곳이에요. 조심해서 손해 볼 일 없죠."

"그렇긴 해도 내가 누구 눈치를 봐야 하는 건 아니잖아."

마법을 쓸 수 있게 된 이상 이제 어떠한 방법으로도 현수에게 위해를 가할 수 없게 되었다.

판타지소설에 등장하는 소드마스터와 그랜드마스터를 찜 쪄 먹을 수 있는 슈퍼마스터의 능력도 모두 되찾았다.

KBO 또는 MLB에서 사용하는 야구공을 던진다면 시속 500㎞ 이상이 나올 수 있다.

두툼한 미트는 물론이고, 포수와 그 뒤에 선 주심까지 뚫어 버릴 속력이다.

작심하고 전력을 다한다면 이보다 훨씬 빠를 것이다.

한편, KPGA에서 프로골퍼들의 7번 아이언 비거리를 측정해 보았는데 평균 155.7m 정도가 나왔다.

현수가 이를 잡으면 1,000m 정도는 우습게 나간다. 그렇기에 18홀 전부를 홀인원시킬 수 있었던 것이다.

참고로, 파의 거리는 다음과 같다.

파	남자	여자
3	229m 이하	192m 이하
4	230~430m	193~366m
5	431m 이상	347~526m
6	527m 이상	-

한 번은 얼마나 멀리 나갈까 싶어 작정하고 휘둘러보았다.

그랬더니 매번 골프공 또는 클럽이 깨져 버렸다. 결국 최대 비거리 측정은 무산되었다.

권투를 한다면 단 한 방에 상대의 두개골이나 갈비뼈가 뭉개져 사망에 이르게 된다.

축구공과 배구공은 너무 자주 터져서 하지 않게 되었다. 송구공은 악력만으로 터뜨리기도 했다.

엄청나게 강해지기는 했지만 조심하지 않으면 해를 끼치게 되는 진짜 인간병기가 된 것이다.

달리기 시작하면 사람들의 시선이 따라오지 못할 정도로 민첩하고 빠르다.

그렇게 빠른데도 자유자재로 방향전환을 하는 걸 보면 신기할 따름이다.

어쨌거나 왜 아무것도 없는 이곳으로 오자고 했느냐는 물음에 도로시는 이렇게 대답한다.

"맞는 말씀이긴 해요. 그래도 조심하자는 의도와 더불어 빠르게 지나의 위성들을 제거하고 싶어서였어요."

바하마 상공에 위성을 올리면 한반도 서쪽까지 오는데 상당한 시간이 걸린다는 뜻이다.

"근데 그게 아직도 쓰여?"

지나는 공산당이 해체되면서 정부는 물론이고, 군대와 경찰 조직 등도 완전히 와해되었다.

장강이북은 사람은 물론이고 건축물 자체가 몽땅 사라진 상태이다. 하여 쥐새끼조차 보기 힘든 곳이 되었다.

겨울이 되면서 혹독한 추위 때문에 있던 것도 거의 다 얼어 죽었다.

현수가 서 있는 발해만은 몹시 고요하다. 아무런 움직임도 느껴지지 않는다.

기감을 발산해 보았는데 반경 50㎞ 이내엔 쥐새끼 한 마리 없다. 싹 다 죽거나 도망간 것이다.

한편, 장강이남 지역은 현재 완전한 무정부 상태이다. 그리고 모든 발전소가 가동을 멈췄다.

일부에서 발전기를 사용하고 있겠지만 극소수일 것이고, 조만간 유류 부족으로 그나마도 못 쓰게 될 것이다.

식량이 부족하여 사람이 사람을 잡아먹는 상황이며, 힘센 놈이 모든 걸 차지하는 거의 동물의 왕국이다.

샤르르릉—!

또 신형이 사라진다. 이번에 당도한 곳은 구수동 아파트 옥상이다.

"폐하의 아파트 옥상이에요. 휴머노이드 10기 부탁해요."

"알았어. 오픈!"

이번에도 나오는 족족 어디론가 사라진다.

"다음은 일본이에요. 좌표는……."

"오케이. 텔레포트!"

샤르르릉—!

이번에 당도한 곳은 도쿄의 어느 공원이었다.

"몇 기나 꺼내줄까?"

"이번엔 조금 많아요. 80기를 부탁드려요."

"그렇게 많이…? 알았어."

뭔가 이유가 있어서 이런 것임을 안다.

"아공간 활성화 잊지 마세요."

"그럼, 그럼! 조금 전에 꺼낸 것들도 다 활성화했어."

80기의 휴머노이드들을 꺼내는 것은 일도 아니다. 이번에도 꺼내놓는 족족 어디론가 향한다.

"자, 이제 된 거야?"

"넵! 이번에는 여기로 가죠."

이번엔 괌의 팔락 비치이다.

"알았어, 텔레포트!"

해변에 당도한 현수는 철썩이는 바다에 시선을 주었다.

"일단 트랜스페어런시부터 하시죠."

바하마는 밤이 되었지만 이곳은 아직 낮이다.

해변에 많은 사람이 있는 것은 아니지만 아주 없는 것도 아니다.

현수가 워낙 유명한 사람이 되었는지라 사람들의 눈에 띄어서 좋을 일 없다.

"알았어. 그나저나 정령력을 뿜어도 녀석이 워낙 깊은 곳에 있어서 기별이 안 가겠지?"

"아마도요."

"좋아, 잠시만."

바다를 보며 품고 있던 정령력을 발산시켰다.

고오오오오오오—!

사람들의 귀에는 들리지 않을 소리가 전 세계로 뿜어진다. 현수는 미동도 않고 바다만 바라보고 있었다.

그렇게 제법 긴 시간이 흘렀다.

"마스터! 저를 부르셨나요?"

가장 먼저 나타난 것은 바람의 상급 정령 실라디온이다. 금발의 아주 늘씬한 아가씨 모습이다.

"왔어?"

"네! 오랜만에 뵈어요."

실라디온은 한 무릎을 땅에 대고, 정중히 고개를 숙여 예를 갖췄다. 아주 공손한 모습이다.

"저도 왔사옵니다, 마스터!"

물의 상급 정령 엔다이론은 청금발이며 170㎝에 52㎏ 정도로 보이는 절세미녀이다.

여전히 사극톤이다.

실라디온의 바로 곁에서 같은 자세로 예를 갖춘다.

"잘 지냈어? 오랜만이지?"

"네! 그간 몹시도 뵙고 싶었나이다."

"저도요. 마스터!"

"산불은 다 껐어?"

"캘리포니아의 것은 껐는데 아마존은 자꾸 불을 놓네요."

화전(火田)을 일구기 하기 위함이었을 것이다.

"끄면 불 지르고, 또 꺼도 지르는데 어떻게 할까요?"

짜증이 난 모양이다.

"흐음, 물 폭탄 허용해. 다만 죽을 정도로 퍼붓지는 마."

"네, 고맙습니다, 마스터!"

"자아, 오랜만에 만났으니 잠깐 기다려 봐."

현수는 편평한 곳을 찾아 두 개의 마법진을 그렸다. 고효율 마나집적진이다. 주변의 마나를 빨아들이는 효능이 있다.

그 안에 작은 마법진 하나가 더 그려진다.

이번 것은 마나를 정령력으로 치환해 주는 섭스터튜션(Substitution) 마법진이다.

이는 현수가 직접 창안한 것이다. 휘하의 정령들을 정령신으로 진화시키기 위해서 만들었다.

이실리프 학파답게 마나 치환률이 매우 높다. 사라지려는 마나를 다시 붙잡아 정령력으로 바꾸기 때문이다. 하여 치환 과정에서 증발되는 마나가 거의 없다.

마나치환진을 다 그린 후엔 중급 마나석을 꺼내 하나씩 박고는 바로 활성화시켰다.

이러자 기다렸다는 듯 엄청나게 세찬 마나풍이 분다. 마나에 민감하지 않으면 느껴지지도 않는 것이다.

사방팔방은 물론이고, 허공의 마나까지 급속도로 밀려들자 엔다이론과 실라디온은 화들짝 놀란다.

이런 현상은 단 한 번도 경험해 보지 못했기 때문이다.

"말 안 해도 알지?"

"고맙습니다. 마스터!"

"감사하오니다. 마스터!"

실라디온과 엔다이론은 각각의 마법진으로 들어갔다. 그리고 약 10분이 지났다.

무지막지하게 밀려들던 마나의 농도가 확연히 옅어진다. 반경 20km 이내에 있던 모든 마나가 빨려든 것이다.

그렇게 해서 빈자리는 더 먼 곳에 있던 마나가 밀려들어 서서히 채운다. 대신 농도가 옅어질 뿐이다.

이때 현수의 입술이 달싹인다.

"마나 익스펄션(Expulsion)!"

고오오오오오—!

현수의 휴먼하트와 켈라모라니의 비늘에서 무지막지한 마나가 방출되더니 이내 마나집적진으로 빨려든다.

한창 마나샤워를 받고 있던 둘은 애정이 담뿍 담긴 시선으로 현수를 바라본다.

무지막지하게 고맙다는 눈빛이다.

약 3분 정도 고순도 마나가 공급되자 엔다이론으로부터 빛이 뿜어진다. 사람의 눈에는 보이지 않은 것이다.

그간 상급에서 최상급으로 진화하기 위한 모든 것이 갖춰져 있었다. 다만 정령력이 부족했을 뿐이다.

그런데 단숨에 채워지자 바로 진화하기 시작한 것이다.

잠시 후 실라디온 역시 환한 빛 무리에 감싸인다.

청금발이 아름다웠던 엔다이론은 전설의 용의 모습으로 바뀌며 호칭 또한 엘리디아가 되는 중이다.

실라디온은 머리카락 색깔이 연한 갈색이 섞인 금발로 바뀌면서 실라디아로 변하는 중이다.

조금 전에도 예뻤지만 훨씬 더 아름다운 미녀로 변모하고 있다.

5분쯤 지난 후 둘의 진화가 끝나면서 빛 무리가 점차 사라진다.

그와 동시에 마나집적진의 마나석이 모든 마나를 잃었고,

바닥에 그려놓았던 진이 흐트러졌다.

용의 모습을 한 실라디아가 먼저 고개를 숙인다.

"아아! 너무나 감사하옵니다. 이 은혜를 어찌 다…. 마스터께 무한한 충성을 바칠 것을 정령계를 두고 맹세하옵니다."

이번엔 물의 최상급 정령으로 진화한 엘리디아이다. 또 한 무릎을 땅에 대고 고개를 숙여 예를 갖춘다.

"소녀 또한 신께 맹세코 충성을 아끼지 않겠어요. 무엇이든 말씀만 하세요. 제 능력이 닿는 한 최선을 다해 마스터를 보필하겠어요. 그리고 정말 감사합니다."

실라디아는 용의 모습이라 보는데 아무런 부담이 없다.

반면 엘리디아는 여전히 사람의 형상인데 완전한 나신이다. 예쁜 얼굴과 작지 않은 가슴, 그리고 그 아래의 금빛 수풀이 그대로 보인다.

만지면 묻어날 듯 티 한 점 없는 빙기옥골(氷肌玉骨)은 보너스이다.

웬만하면 시선을 어디에 둬야 할지 몰라 당황하거나 시각적 자극에 중심부의 한 부분이 반응할 수도 있다.

하지만 현수가 누구인가!

이 정도로는 결코 흥분하지 않는다. 그렇기에 지극히 태연한 모습으로 둘을 바라본다.

"둘 다 진화하니 내가 다 흡족하네. 이제 정령왕이 되기 위한 수양을 쌓도록 해."

"네! 마스터."

"마스터의 말씀 금과옥조로 여기겠나이다."

"엘리디아!"

"네! 마스터."

"마리아나 해구라고 알지? 지구에서 제일 깊은 바다라는 곳 말이야."

"네, 알고 있사옵니다."

"그래! 그럼 지금 바로 거기 좀 다녀와. 거기로 내려가면 땅의 중급 정령 노임이 있을 거야."

"노임을 데리고 오라는 말씀이신 거죠?"

"그래! 내가 보잔다고 해."

"네! 알겠사옵니다."

엘리디아의 동체가 이내 바다 속으로 사라진다.

"마스터! 저는 무엇을 할까요?"

"흐음, 실라디아는 그냥 쉬고 있어."

"……! 흑흑! 제가 쓸모가 없는 것인가요?"

"뭔 말을 그렇게 해? 지금 당장은 시킬 일 없으니 그냥 있으라고 한 거야. 괜한 오해하면 혼난다."

"…그래도 엘리디아에겐 심부름을 시키시고 저는…."

큰 눈에 눈물이 글썽거린다.

"에휴! 알았어. 인도네시아 자바섬 알아?"

"네! 당연히 알고 있죠."

"그럼 거기에 있는 클루드 화산으로 가봐."

"화산이요?"

"응! 화구에 불의 중급 정령 샐리스트가 있을 거야."

"알아요."

"다행이네. 지금 당장 거기로 가서 내가 금방 갈 거니까 꼼짝도 하지 말고 있으라고 말을 해줘."

"호호! 네에. 바로 출발할게요."

씨이이잉—!

엘리디아가 바다 속으로 들어갈 땐 아무런 소리도 나지 않았지만 실라디아는 그렇지 않았다.

한바탕 돌풍이 분 것처럼 머리카락이 휘날렸던 것이다.

"이제 4대 정령 모두를 만나게 되는 거네."

"네! 오래 기다리셨어요."

"그리 오래는 아니지. 1년쯤 걸린 거니까. 그나저나 엘리디아 올라오려면 시간이 걸리겠지?"

"넵! 대략 1시간 이상 걸릴 것으로 예상돼요."

엘리디아는 물의 최상급 정령인지라 아무리 깊어도 자유자재로 움직인다.

따라서 마리아나 해구의 비닥을 찍고 올라오라고 하면 시간이 얼마 걸리지 않는다.

하지만 노임은 땅의 정령이다. 내려갈 땐 순식간이겠지만 올라오려면 충분한 시간이 필요하다.

게다가 엘리디아의 말을 곧이곧대로 믿지 않을 수도 있다.

노임이 깊은 바다 속에 머무는 이유는 진화에 필요한 마나를 얻기 위함이다.

아마도 지금쯤이면 조금만 더 모으면 상급으로 진화할 분량이 채워질 것이다.

얼마나 긴 세월 동안 마나를 모으고 있었는지 알 수 없지만 곧 진화할 수 있다는 생각뿐일 것이다.

그걸 중단하고 올라오는 것은 생각해 볼 일이다.

그리고 올라오는 것 자체도 쉽지 않다. 땅의 정령은 속성이 중력에 있다. 하여 자꾸 가라앉으려 할 것이다.

그러니 시간이 걸릴 것이라 생각한 것이다.

"여기서 그냥 기다릴까?"

"그럼, 차라리 북한엘 다녀오시지요."

"뭐? 거긴 조금 아까 다녀왔잖아."

"그러셨죠. 그래도 한 번 더 다녀오세요."

눈앞에 3D 지도가 뜨고 한 부분의 좌표가 명멸한다.

"뭐야? 여긴 삼지연이잖아."

삼지연은 양강도 동북부 해발 1,585m에 위치한 백두용암대지의 평탄한 수림 속에 위치한 호수이다.

북한 천연기념물 제347호로 지정되어 있는데 특이하게도 흘러드는 강이나 하천도 없고, 흘러나가는 곳도 없는 완벽하게 고인 물이다.

그럼에도 썩지 않으며, 물이 맑고 아주 깨끗하다.

이전의 삶에선 이곳에 세계수의 씨앗을 심었다.

북한에서 가장 지세가 강하고, 그래서 그런지 마나 농도가 제일 진한 곳이다.

아울러 수목 성장에 반드시 필요한 물이 많아서 최적지라고 숲의 요정인 아리아니가 낙점했었다.

삼지연은 용암대지 위에 있는데 그 아래에는 수천 년 전의 양분이 고스란히 보존되어 있다.

하여 생각하는 것보다 훨씬 빨리 쑥쑥 자랐다.

세계수가 자리를 잡게 되면 삼지연 인근의 마나 농도는 상당히 진해진다.

삼지연을 기준으로 반경 750㎞ 정도가 혜택을 입는다.

이는 전라도 광주까지의 직선거리이며, 부산이 포함된다. 울릉도와 독도도 들어가지만 대마도는 아니다.

지도를 놓고 원을 그려보면 절묘하게 일본이 배제된다.

독도에서 가장 가까운 일본 영토인 시마네현 오키 제도 역시 영향권 밖이다.

세계수의 자리로 정말 절묘한 곳이다.

아무튼 대기와 토지의 마나 농도가 진해지면 농작물 성장이 빨라지고, 많은 결실이 맺힌다.

아울러 사람들의 건강상태가 호전된다. 세계수는 아낌없이 주는 나무인 것이다.

이런 세계수라도 처음 성장할 땐 마나가 필요하다.

묘목 수준일 때까지는 주변의 마나를 끌어당기지만 어느 정도 성장하고 나면 거꾸로 뿜어내게 된다.

그리고 엘프가 보살피면 매 10년마다 열매가 맺힌다.

높이 300m, 둘레 85m 정도로 성장하니 결실 또한 엄청나게 많다.

열매는 바나나 비슷하게 생겼는데 잘 익은 복숭아 맛이 나고, 과육은 호호백발 할머니도 먹기 좋을 만큼 부드럽다.

과즙은 풍부하면서도 달착지근하다. 그럼에도 아무리 많이 먹어도 살이 찌지 않는다.

엘프들은 매 10년마다 이걸 먹기에 1,000년 수명을 유지한다. 불행히도 사람에겐 해당사항이 없다.

열매껍질을 특수한 방법으로 발효시키면 아주 달달한 향기를 뿜는다.

이걸 몸에 바르면 모기 같은 해충이 달려들지 않을 뿐만 아니라 머리를 상쾌하게 하고, 쾌적한 기분을 느끼게 한다.

이것은 '엘프의 숨결'이라는 이름이 붙은 천연향수의 원료가 되기도 한다. 현수의 아공간에 엄청 많이 있다.

세계수의 역할 중 하나는 제아무리 심하게 오염된 대기라 할지라도 끊임없이 정화시킨다는 것이다.

아주 진한 매연을 뿜어내던 지나의 공장지대 한복판에 세계수가 있었다면 한국으로 미세먼지 가득한 공기를 보내는 민

폐를 끼치지 않았을 것이다.
 어쨌거나 이제 곧 4대 정령을 거느리게 된다. 아울러 세계수의 생장이 시작될 예정이다.

『전능의 팔찌』 2부 23권에 계속…